춘자

춘자

이수조 소설

문학나무

게으르게 살지 않았는데 늘 물질이 한가했다.

가볍고 단순하게 살자 했는데 잡다한 시간이 무겁게 흘렀다.

퇴락한 서쪽 바닷가 마을, 지는 해 술 취한 듯 저 혼자 애태울 때 그물을 정리하는 낡은 어선들 사이에서 생의 이면을 생각했다. 뭔가 기억해야 할 것을 잊고 살았지만 한 생이 잠시라 생각 말자 했다. 이렇게 오래 머물 줄 알았으면 진작 소설을 쓸 걸 그랬다.

바다에 떨어지는 해가 내 몸을 온통 불태운다. 어두워지기 전, 후회 말고 울지 말고 진하게 소설만 쓸 일이다.

2019년 10월
연안부두에서 이수조

차례

해무의 시간

해무의 시간

회센터와 어시장이 차례로 문을 닫자 부두의 거리는 적막해졌다. 가끔 술 취한 사람들이 텅 빈 거리를 비틀거리며 지나간다. 수연은 해무가 올라오는 시간을 계산한다. 벚꽃이 바람에 흩날리기 시작하면 밤마다 해무가 땅 위로 몰려온다. 더욱이 이런 축축한 날엔 어김없이 올라온다. 길 건너 맞은편 건물들이 해무에 완전히 묻힐 때까지 약국 유리문에 기대어 지켜본 적도 있다.

20년 전, 남편 기훈과 함께 도미약국을 개업할 때도 바다에서 안개가 무리 지어 올라왔다. 기훈이 죽은 지 두 달이 지났다. 기훈의 목소리와 냄새가 시간이 지날수록 더 생생하게 살아 돌아올 줄 몰랐다.

'나는 매일매일 모든 면에서 좋아지고 있다.' 이 말을 반복하는 것도 일종의 치료행위다. 19세기 약사 쿠에가 개발한 치료법인데 수연은 손님들에게 이 말을 즐겨 인용한다. 그러나 안타깝게도 스스로에게는 적용되지 않았다.

밖에서 손님이 문을 밀고 들어선다. 수연은 빠져나간 넋을 급히 불러들인다. 눈을 동그랗게 뜨며 활짝 미소 짓는다.

"어서 오세요."

손님을 보낸 후 수연은 시계를 본다. 10시가 되려면 조금 더 있어야 하지만 가운을 벗고 재킷을 걸친 후 밖으로 나선다. 약국 문앞에 서서 주변을 둘러본다. 길 건너 노래방과 주점 몇 군데에서 불빛이 흘러나온다. 좌우로 즐비하게 늘어선 횟집들은 죄다 문을 닫았다. 경찰차가 경광등을 번쩍이며 느리게 지나간다. 수연은 움찔해져서 습관처럼 돌아선다. 금방 잠근 약국 유리문을 확인이라도 하듯 살짝 흔든다. 건들거리며 걸어오던 술 취한 남자가 수연 뒤에서 침을 탁 뱉고 지나간다.

종합 어시장과 횟집과 버스 정류장 때문에 약국 앞은 종일 북적였다. 해가 있을 땐 약국에도 손님들이 쉴 새 없이 드나들었다. 수연은 밤 10시 약국 셔터를 내린 후 바닷가 벼랑 위의 카페 블루문에서 위스키 하이볼 한 잔으로 하루의 피로를 푼다. 그것이 그녀의 유일한 즐거움이었다.

기훈이 죽고 한동안 가지 않은 카페를 수연은 며칠 전부터 다시 가기 시작했다. 축축해진 거리에 서서 수연은 도미가 그려진 약국 간판을 쳐다본다. 도미의 꼬리가 찰랑거린다. 꼬리가 흔들릴 때마다 물방울이 경쾌하게 튄다. 핑크빛 물고기 도미는 바다의 여왕, 바다의 왕자라고 불린다. 간판에 그려진 도미를 보다가 참돔 수산업자 장 사장을 생각하며 셔터를 내린다.

"도미는 말이오. 몸통에 칼집을 쓱쓱 넣어서 밑간을 투루룩 하면 둘이 먹다 하나 죽어도 몰러."

비타민 음료를 받아들고 허풍처럼 떠들던 장의 말을 수연은 생각한다. 도미약국 약사 수연의 일이라면 자기일보다 더 열성적으로 나서주던 장이다. 그는 남편 기훈이 미국을 드나들고부터 아예 수연의 보호자처럼 행동했다. 그런 장을 수연은 만나지 못했다. 약사보조 일을 하는 정애조차 요즘 장 사장님 왜 안 오실까요? 하며 궁금해했다. 장을 못 본 지 한 달도 더 지났다. 수연은 장의 행방을 궁금해하면서 기훈의 골프 친구인 그 남자를 떠올린다.

수연은 두 손을 재킷 주머니에 찔러 넣은 후 바다 쪽으로 몸을 돌린다. 그 남자와 함께 카페로 갈 때도 이 시간대였다.

수연은 그날처럼 약속이라도 한 듯 해무가 올라오는 시

간에 맞춰 그곳에 간다. 누가 손짓을 하며 부르는 것처럼 발길을 옮긴다. 길 끝에서 한 무리의 희끄무레한 것이 스멀스멀 다가온다. 연기 같은 것이 눈 뭉치처럼 둥글둥글하게 뭉쳐서 수레바퀴처럼 굴러온다. 도로 위를 소리 없이 점령하는 이것들은 바다 안개, 해무다.

수연은 해무가 일어나기 시작한 바다 쪽을 향해 걷는다. 해안 끝자락에 카페 블루문이 있다. 그곳에서 평소처럼 하이볼 한 잔을 할 것이다. 수연은 그렇게 생각하면서 매일 보는 약국 앞 풍경 속으로 천천히 걸어 들어간다.

주말 밤과 달리 평일 밤 부두의 거리는 썰물 때의 갯벌처럼 황량하다. 네거리 건너 일찌감치 문을 닫은 누리약국 앞을 지난다. 누리약국은 사람들이 공무원약국이라고 부른다. 공무원처럼 아침 9시에 문을 열고 저녁 6시에 문을 닫는다. 주말엔 아예 영업하지 않는다.

오래전 어시장과 주변 상가 상인회에서 약국의 야간영업을 건의했다. 병원이 6시에 문을 닫으면 약국들도 누리약국처럼 똑같이 문을 닫았다. 119를 부를 정도는 아니지만 급하게 약이 필요할 때가 있다. 특히 이곳은 음식점이 즐비한 유원지를 겸한 상가 지역이다. 누리약국의 노처녀 오약사는 턱을 치켜든 도도한 표정으로 딱 잘라 거절했다. 수연은 약국이 있는 건물 3층이 자신의 집이라 거절할 수 없었다. 어쩌면 늦은 밤까지 약국 문을 열어두는 별빛약국이 되고 싶었는지도 모른다.

　도미약국이 별빛약국을 하게 되자 그 당시 상인회 협회 일을 했던 장 사장이 참돔을 선물로 가져 왔다. 장의 눈과 귀가 도미약국 안으로 들어온 것도 그때부터였다. 누리약국 앞을 지나면서 수연은 우람한 체격의 장을 떠올린다.

　그곳에 가면 해무 속에서 불쑥 장이 나타날지 모를 일이다.

　장은 거칠고 무례하다. 그러나 알고 보면 진실하고 무거운 남자다. 수연은 장에 대해 간절해지는 욕구를 천천히 누르며 뒤를 돌아본다. 아무도 없는 것을 확인한 후 네거리를 지난다. 노래방에서 흘러나오는 올드 팝이 안개에 젖어 길바닥으로 가라앉는다. 노래방과 주점이 끝나는 지점에 요한약국이 있다. 수연은 셔터가 내려진 요한약국을 보면서 지나간다. 늙은 남자가 운영하는 이 약국은 이윤도 별로 남지 않는 오리지널 약품만 취급한다. 제네릭 약품, 즉 복제약은 거의 취급하지 않는 약국이다. 드링크라던가 영양제 같은 것들도 별로 없다. 주로 위층에 있는 내과의원의 처방전만 취급하기 때문에 병원이 문을 닫으면 자신도 약국 문을 닫는다. 수연은 이곳을 지날 때마다 돈도 모르고 의리도 없는 인간이라고 비웃었다. 이제 수연은 두

　　　　　　　　　　　　　　춘자

약국을 비웃을 마음의 여유조차 없다.

수연이 주로 복제약품을 취급하는 것은 사실이다. 복제약품의 이윤은 오리지널 약품의 이윤보다 몇 배가 된다. 도미약국에 진열된 일반 약품들은 대체로 복제약이다. 누군가 와서 복제약 말고 오리지널을 주세요, 라고 하면 수연은 화를 발끈 낸다. 그러곤 상대를 설득한다. 똑같은 효능에 오리지널 외제 약품보다 가격이 훨씬 저렴하다고. 오리지널 약품은 국산도 있지만, 외제 약이 많다. 수연은 또 텔레비전 광고에 등장하는 약품들도 가능하면 팔지 않는다. 소비자가 전적으로 광고비를 부담한다고 말을 하면 사람들은 고개를 끄덕인다. 처방전도 노브랜드 약품으로 대체한다. 유명 브랜드 약품들은 매입가격에 부가세를 부담하면서 팔아야 할 때도 있다. 한마디로 이윤이 적다는 거다. 수연은 몇십 원 하는 작은 알약 하나의 값에도 민감하게 반응했다.

의약분업이 되기 전이지만 수연은 개업한 지 몇 년 되지 않아 약국이 세 들어 있던 3층 건물을 매입했다. 약국이 번창하자 기훈은 지방대학 시간 강사를 때려치우고 해외 원정 골프를 다녔다. 남편이 거의 미국에 있게 되자 수연 또한 딸아이를 미국에 있는 시부모에게 보냈다.

수연이 약국 경영으로 남다른 부를 쌓게 된 데는 약사 조제권 때문만은 아니었다. 의약분업이 된 다음에도 도미약국의 매출은 크게 줄어들지 않았다. 단순히 제네릭 약품만 취급해서도 아니었다. 수연은 영업에도 재능이 있었다. 한 번은 정애가 물었다.

"약사님, 약사님은 왜 부자들한테 약값을 할인해주세요?"

"비싼 영양제 누가 살 것 같니?"

"아하, 그러네요. 약사님 달콤한 립 서비스에 손님들이 단번에 뻑 가죠. 사실 우리 약사님 알고 보면 그런 분 아닌데."

정애의 말에 수연의 표정이 굳어진다. 대학 때 연애해서 결혼한 기훈도 수연을 알면 알수록 차가운 여자라고 했다. 수연의 고객관리는 남편이나 가족처럼 가까운 사람들에겐 미스터리한 일이었다. 수연은 명품 옷을 입었거나 고급 가방을 든 여자들에겐 하나같이 예쁘다거나 매력적이라고 칭찬했다. 나이든 남자들에겐 해맑게 웃으며 성적 농담을 슬쩍 먼저 던졌다. 고객을 위해서라면 마음에도 없는 말을 기꺼이 했다. 뒤돌아서서 꼭 다문 입술에 차가워지는 눈빛을 고객들에겐 들킨 적이 없다.

약값도 다른 약국보다 저렴했다. 조제 하는 동안 비타민 드링크도 하나씩 주었다. TV 광고에 나오는 '비타민 드링크'가 아니라 복제품 '비타민 e드링크'였다. 여름에는 시원한 드링크로, 겨울에는 따끈따끈한 차 한 잔을 손님들에게 내놓았다. 약국 안은 늘 사람들로 바글거렸다. 수연에게 꼬리가 있다면 도미 꼬리처럼 항상 찰랑찰랑 물방울을 튕겼을 것이다. 그녀가 약국이라는 박스 안에서 모두의 연인이며 친구가 되는데 그리 오랜 시간이 걸리지 않았다.

　수연은 모텔 거리로 들어선다. 건물의 윤곽은 안개 속에 뿌옇게 녹아 있다. 가끔 사람들과 마주쳐도 안개 때문에 얼굴을 구분하기 어렵다. 발자국이 뒤를 따라오는 느낌이 들면 수연은 자연스럽게 슬쩍 뒤돌아본다. 그 남자를 만났을 때와 똑같은 풍경이다. 머리카락이 쭈뼛 선다. 손바닥으로 양쪽 뺨을 감싼다. 으스스한 느낌이 들어도 걸음을 멈추지 않는다. 엷은 휘장처럼 앞을 가로막는 해무 속으로 발바닥에 힘을 주며 걷는다. 길 한가운데 부둥켜안은 한 쌍의 남녀가 유령처럼 흔들리며 서 있다. 그들을 지나치면서 또 뒤를 돌아본다. 아무도 없다. 누군가 자신을 따라온다는 생각에서 벗어나지 못한다.

　카페로 가는 해무 자욱한 밤길. 20년을 살면서 드나든 곳이다. 눈을 감고도 다닐 수 있는 거리. 수연의 거리다. 이렇게 끝없이 쫓기는 느낌은 기훈이 죽은 후 수연을 찾아온 그 남자 때문이다. 남자가 찾아오기 전까지 수연은 자신의 소라껍데기 안에 안전하게 있다고 생각했다.

해무는 바다가 가까워질수록 휘장처럼 사방을 휘감는다. 한 시간만 더 지나도 이것들은 팔짱을 낀 사람조차 보지 못하게 할 것이다. 뒤에서 옷자락을 잡아채는 것 같아 등골이 서늘하다. 해무를 뚫고 소리가 들린다. 수연을 부르는 것 같다. 수연은 전신이 떨려 뒤를 돌아보지 못한다. 부르르 몸을 떤 후 머리카락에 묻은 물방울들을 털면서 결심한 듯 앞으로 걸어 나간다. 두려운 만큼 고개를 더 빳빳이 세운 채 종종걸음으로 모텔 거리를 빠져나간다.

기훈의 장례를 치르느라 한동안 휴업했던 약국을 다시 연 날, 기훈의 유령처럼 그 남자가 나타났다. 남자의 등장은 수연의 존재를 비루하고, 처참하게 했다. 그 남자가 다녀간 뒤였다. 해무로 가득한 바닷가 방파제 어디쯤에서 자신이 떨어져 익사하는 이미지를 보았다. 데자뷔 같았다. 그러나 그 남자가 약국을 다녀간 후 수연에게 외관상 달라진 것은 없었다. 아무것도 모르는 정애는 칼같이 6시에 퇴근했고 도미약국은 밤 10시에 어김없이 셔터가 내려졌다. 수연이 카페 블루문을 가지 않는 것과 장 사장이 약국에 오지 않는 것을 제외하면 변화된 것은 없었다.

수연의 몸과 마음이 죽음보다 더 피폐해져 가는 것을 아는 사람은 아무도 없었다. 밤마다 자신의 몸속에서 뼈들이 서로 부딪치며 울었다. 기훈이 가슴을 움켜쥔 채 여보 하고 부르는 소리에 벌떡 일어나 앉기도 했다. 아침에 눈을 뜨면 베개가 젖어 있는 날이 많았다.

　"다이어트에도 좋아요. 도미의 눈에는 비타민 B1이 함유되어 있어 피로 해소에 좋구요. 도미 껍질에는 비타민 B2가 많잖아요. 맛이 담백하고 기름기가 적어서 회복기 환자한텐 정말 좋아요. 부인한테 도미 많이 해 드리세요."

　암 수술을 받은 후 약물 부작용으로 비만해지던 장의 아내를 위해 수연이 한 말이었다. 그 후 그의 아내는 세상을 떠났지만.

　"아, 그럼, 그럼요. 우리 약사님, 최고. 도미 박사님 최고!"

　툭하면 약국에 와서 소년처럼 엄지 척을 하던 장이다. 장은 순수하게 수연을 좋아한다. 그런 장에게 털어놓을까도 생각하다가 고개를 저었다. 공포와 불안의 통증을 어떻게 타인과 공유할 수 있을까? 그건 죽음처럼 불가능한 일이었다.

　장은 우람한 덩치에 가끔 회칼을 든 채 시장 안을 누볐다. 장의 시퍼런 분위기에 사람들은 이유 없이 주눅이 들었다. 그는 누구에게나 반말을 했는데 수연한테만은 꼭 우리 약사님이라고 존칭을 썼다. 무례한 것 같지만 정작 예의에 어긋나서 일어난 문제는 없는 듯했다. 수연은 겉모습과 달리 순박한, 바다 냄새 물씬 풍기는 장이 싫지 않았다. 근육으로 탄탄한 장의 넓은 가슴팍도 떠올린 적이 있다. 가끔 그가 자신을 덮치는 장면도 상상했다. 장과 같은 남자와의 섹스는 어떨까? 수연은 그것도 궁금해한 적이 있다.

사실 수연은 거의 독수공방이나 마찬가지였다. 기훈은 주로 미국에 있었다. 국내에 들어와서도 수연과 섹스를 즐겨 하진 않았다. 밤이면 친구들을 만났고 거의 술에 취해 돌아와 옷도 벗지 않고 잠들기 일쑤였다. 가끔 수연이 먼저 기훈의 가슴을 파고들기도 했다. 기훈은 귀찮은 듯 돌아누웠다. 그렇지 않을 땐 이상한 체위나 행위를 하게 했다. 수연은 그것만 생각하면 몹시 수치스러워 몸을 떨었다.

미국에서 기훈의 장례를 치르고 돌아온 날, 겨울에서 봄으로 건너가는 비가 추적추적 내렸다. 기훈이 그렇게 빨리 죽을 줄 몰랐다. 수연은 장례식장에서 울지 못했다. 울려고 노력했지만, 눈물이 나오지 않았다. 비행기 안에서는 밀린 잠을 잤다. 집으로 오는 택시 안에서는 비 오는 창밖을 아무 생각 없이 바라보았다. 방문을 닫고 커튼을 치고 완벽하게 혼자가 되었을 때 울음이 터져 나왔다. 이불을 덮어쓰고 큰 소리로 울었다.

무슨 짓을 한 것인가. 딸아이가 아빠를 부둥켜안고 안 돼, 안 돼, 하며 몸부림치던 모습이 눈앞에 가득했다. 기훈과의 굽이진 시간이 채찍처럼 수연의 등짝을 후려쳤다. 새벽녘이 되어서야 수연은 울음을 그쳤다. 커튼을 걷자 엷은 햇살이 방안에 들어섰다. 수연은 무릎 사이에 얼굴을 묻고 또 하루를 앉아 있었다. 다음날 오후가 되어서야 물웅덩이를 벗어난 듯 수연은 자리에서 일어섰다.

모든 것은 골프 때문이었다. 골프 친구들과 어울리면서 기훈은 변해갔다. 기훈과 딸아이의 미국 생활비가 건물 임대료로도 부족해졌다. 아무리 약국에서 벌어들여도 돌아보면 남는 것이 없었다. 기훈이 건물을 담보로 대출까지 받은 것을 알았을 때 수연은 헤어지자고 했다. 기훈은 수전노, 돈밖에 모르는 여자라고 비난하면서 그렇게는 안 될 거야, 라고 했다.

낭비와 유흥을 일삼는 남편, 도대체 무엇이 이 지경까지 이르게 했을까? 수연은 기훈의 휴대폰을 몰래 보았다. 하필 난교파티 동영상이 눈에 들어왔다. 포르노그래피를 내려받은 줄 알았다. 그런데 남자들 얼굴이 낯이 익었다. 자세히 보니 남편 기훈의 얼굴도 있고 남편 친구인 그 남자도 있었다. 휴대폰을 더러운 물건인 양, 집어던진 후 화장실에 들어가서 위장에 든 것들을 모두 토해냈다.

난교 장면을 본 후부터 수연은 기훈의 목을 조르고 싶은 욕구에 시달렸다. 두 사람 사이에 농도 짙은 페닐에틸아민은 사라졌다. 분비되어야 할 옥시토신마저 기훈의 난교동 영상이 막아버렸다. 수연은 캡슐에 쌓인 하얀 가루약들을 바라보았다. 향정신성의약품은 검열이 까다로워 함부로 사용할 수 없다. 일반 약품으로 해결방법을 찾기로 했다. 길항작용이 되는 두 약품을 머릿속에 떠올렸다.

약사인 수연의 머릿속엔 늘 죽음에 대한 공포가 있다. 조제 중에 일어나는 실수는 곧 환자의 죽음을 초래한다. 예를 들면 고혈압 환자와 당뇨병 환자의 약을 서로 바꾸는 실수를 하면 그들은 상태에 따라 죽거나 죽을 만큼 심한 고통을 당한다. 돌이킬 수 없는 일이다. 수연은 복약 처방을 설명할 때 부작용에 관해 설명하면서 약을 재확인한다. 지금까지 한 번도 약화 사고를 일으키지 않은 수연이다. 약국 경영을 하면서 부를 쌓을 수 있었던 것도 복제약만 팔아서만은 아니었다. 영업적 재능만 가지고 되는 일도 아니었다. 수연은 사람들에게 절대적인 신뢰를 얻었다.

그런 그녀가 비아그라부터 떠올렸다. 지금은 남자들이 발기부전 처방전을 들고 오는 것과 여고생이 피임약 사 가는 것이 감기약 처방전을 가지고 오는 것만큼 자연스럽다. 비아그라 출시 초창기 때는 좀 달랐다. 부작용 없는 약은 없다. 주의사항을 지키지 않았다가 48시간 발기 상태가 되어서 응급실에 실려 가는 일들이 잦았다. 그 사람은 아마도 살아있는 동안 발기는 꿈도 꾸지 못할 것이다.

도미약국에선 비아그라보다 값싼 복제약들을 취급했다. 팔팔정, 헤라그라, 누리그라, 센놈, 이름만 들어도 알 수 있듯이 비아그라 한국산 복제약들이다. 그중 가장 매출을 크게 올린 약이 팔팔정이다. 2층 비뇨기과 전문의가 약국에 내려왔을 때 농담을 했다.

"팔팔정이 잘 나가죠. 구구정이 나오는데 그다음엔 뭐가 나올까?"

"팔팔, 다음이 구구니까 그다음은 십씹정!"

정애의 이상한 발음에 모두 폭소를 터뜨린 적도 있다. 조폭같이 생긴 남자가 팔팔정 100mg짜리를 주지 않고 50mg짜리를 주어서 효과가 없다고 손해 배상하라면서 패거리들을 데리고 온 적도 있다.

"손님, 처방전에 50mg이라고 되어 있네요. 여기 보세요. 효과가 없었다면 항의는 병원을 상대로 하는 겁니다."

"무슨 소리, 당신이 100mg짜리로 줄 수도 있잖아. 여자한테 망신만 당했어. 이 약국 그냥 두지 않겠어."

수연이 처방전을 찾아서 보여주어도 행패는 거두지 않았다. 패거리 서너 명만 되어도 좁은 약국 안이 가득 찬 듯 느껴졌다. 조제실에서 정애가 조용히 전화했다. 가장 간단한 방법이다. 장이 회칼을 든 채 약국 문을 활짝 열고 들어섰다.

"뭐야, 뭐야, 신성한 약국에 양아치들 모임 있나?"

장을 본 그들은 수연을 향해 욕을 하면서 나가버린 후 두 번 다시 오지 않았다. 이들은 약국을 돌아다니며 돈을 뜯어내는 폭력배들이었다. 수연은 그때 기훈을 영영 발기불능을 만들어버릴까 하는 생각도 했다. 그러나 그렇게 하지 않았다. 그 정도로는 자신의 분노가 누그러질 것 같지 않았다. 조제실 안의 약들을 보며 어느 약을 어떻게 섞을지 갈등했던 날들. 신만이 안다고 생각한 날들이 있었다. 아무튼, 골프채를 든 세련되고 지적인 외모의 기훈보다 회칼을 든 장이 날이 갈수록 더 가깝게 생각된 건 부정할 수 없는 일이었다.

축축한 모텔 거리를 벗어나자 해무는 살아있는 생물처럼 수연을 따라온다. 해무에 싸여 해양 광장을 지난다. 처음 그 남자가 늦은 밤 약국 문을 열고 들어서던 모습이 해무 곳곳에서 불쑥불쑥 나타난다. 들어서자마자 출입문을 잠그고 형광등 스위치를 내리던 남자, 어리둥절해 있는 수연을 향해 주먹을 날린 남자. 수연은 그 남자를 안다. 한국에 올 때마다 기훈이 동행한 남자다. 약국에서 늦은 밤 함께 술을 마신 적도 있다. 그리고 그는 난교파티 동영상 속에도 있었다. 불 꺼진 약국 안으로 가로등 불빛이 어슴푸레 들어오는 것을 느꼈을 땐 이미 수연은 조제실 바닥에 나무토막처럼 나뒹굴어져 있었다.

수연은 켜켜이 쌓이는 해무를 본다. 그날 그 남자에 의해 비닐 끈에 묶였던 손목은 아직도 두 줄로 흔적이 남아 있다. 해무가 상처를 어루만지듯 손목에 앉은 안개가 물방울이 되어 떨어진다. 그 남자가 살아있는 한 영원히 지워질 것 같지 않은 상처. 손목이 아프다. 아픈 건 손목이 아니라 목숨인지도 모른다.

"넌 살인자야, 네 남편을 죽였어."

심판관처럼 말하던 그 남자의 말이 아득히 피어오르는 해무 저쪽에서 들려온다. 수연은 그날 일이 정말 꿈이기를 바랐다. 지나가는 악몽이라 생각했다. 수연이 한 일은 신만이 안다고 믿었다. 약은 전혀 눈치채지 못할 만큼 아주 소량을 탔다. 무엇보다 기훈이 국내에 머문 시간이 적었다. 음료와 음식물에 약을 탈 기회가 많을 수가 없었다. 그러니까 죽을 만큼 먹이지 않았다. 그런데 기훈은 미국 골프장에서 골프를 치다가 친구들이 보는 가운데 현장에서 돌연사했다.

남자가 수연의 옷을 찢고 드러난 속살 위로 이빨을 들이밀었을 때 비명을 질렀다. 해무 속에서 자신의 비명이 메아리 되어 돌아온다. 어깨에 난 이빨 자국은 아직도 통증을 불러일으킨다. 언젠가 기훈이 밤늦은 시간 남자를 데리고 약국에 와서 술을 마셨다. 기훈이 화장실 간 사이 남자가 했던 말을 수연은 기억한다.

"우리 한번 해요. 언제든지 미국에서 달려올게. 기훈도 내 아내와 했으니까 서로 공평하게."

바지를 내리면서 남자가 수연을 덮쳤을 때 약국 문이 덜컹거렸다. 셔터가 내려있지 않아서인지 불 꺼진 약국 문을 두드리는 소리는 한동안 이어졌다. 손을 뻗어 도움을 요청할 길이 없었다. 수연은 약국 문을 두들기던 사람이 장이 아닐까 생각했다.

남자가 거친 숨을 내뱉으며 수연으로부터 떨어져 나갔을 땐 문밖이 조용해진 뒤였다. 남자는 담배를 입에 물었다. 어둠 속에서 담배 불빛이 깜박였다. 수연은 갈기갈기 찢긴 자신의 몸을 외면했다. 멍하니 허공을 바라보았다.

"기훈이 왜 심장이 나빠졌는지 나는 알아. 한국만 다녀오면 가슴이 아프다고 했어. 이 약국 전수조사를 하면 증

춘자

거물이 나올 거야. 나도 기훈이 다닌 병원에 자료를 의뢰
해 놓았거든. 그 병원에 내 친구가 의사로 있다고."

"골프장에서 돌연사 했잖아. 네 앞에서."

"골프장? 돌연사?"

갑자기 남자가 웃었다. 남자의 웃음소리가 해무 속에서
들린다. 남자는 지금 저 해무 안에 살아있다. 수연은 그렇
게 생각한다.

"기훈이 이렇게 빨리 죽을 줄 몰랐지? 넌 울지도 않았잖
아. 너만큼 나도 찬피동물이다. 그 점만 기억해."

담배를 바닥에 던진 후 발로 비벼 끄면서 말하던 남자의
묘한 얼굴이 해무 속에서 나타났다가 사라진다.

"미국에서 해야 할 일이 있어. 다음 주에 다시 온다. 내
애인이 되기 싫으면 언제든지 말해. 이 사실을 네 시부모
와 네 딸에게 말할 거다. 고발은 그들이 해야겠지."

수연은 그로부터 일주일 뒤 남자와 함께 카페로 가기 위
해 이 길을 걸어갔다. 남자가 떠난 뒤 일주일 동안 수연은
기훈의 죽음과 남자와 그러한 모든 것들을 해무 속에 묻어
버릴 방법을 찾았다. 길은 해무 속에 없었다. 그러나 길은
해무 속에 있어야 했다. 어디가 바다인지 어디가 방파제인
지 구분하기 어려울 정도로 해무로 덮이는 이곳 방파제
끝. 답은 그곳에서 찾기로 했다.

수연은 바다를 따라 이어진 도로를 걷는다. 바다는 해무를 끝없이 피워 올리면서 쉼 없이 철썩인다. 안개 입자 속에 비릿한 바다 냄새가 담겼다. 길 끝의 방파제를 지나면 카페 블루문이다. 방파제는 오르막으로 경사지고 갈수록 절벽처럼 높아진다. 수연은 석재말뚝들이 드문드문 세워진 바다와 경계를 지은 방파제 길로 들어선다. 녹색 야광빛이 희미한 가드레일을 따라 걸음을 옮긴다.

그날 밤 너무 친절하지도 않게 너무 차갑지도 않게 수연은 남자와 함께 이 길을 걸었다. 그들이 해안을 따라 걷고 있을 때 해무가 수면에서 올라오기 시작했다. 어선들이 정박해 있는 쪽의 방파제는 10m도 넘었다. 카페 블루문의 불빛이 허공에서 희미하게 길을 안내했다. 두 사람이 카페를 향해 천천히 걷고 있을 때 덩치 큰 남자 하나가 수연의 어깨를 치듯이 하곤 지나갔다. 수연은 왠지 가슴이 철렁 내려앉았다.

달무리처럼 보이는 카페 불빛이 바로 앞에 있었다. 필로티 구조 탓에, 카페 블루문은 허공에 뜬 것처럼 보였다. 블루문, 그날 밤은 정말 푸른 달이 뜬 것 같았다. 블루문일 때 방파제엔 바닷물이 가득 차오른다. 건물을 에워싼 해무 때문에 카페는 더 음산하고 기괴스러운 분위기를 자아냈다.

　　　　　　　　　　　　　　　　　　　　춘자

카페보다 바닷가가 더 좋지 않겠냐고 말했을 때 남자는 좋아하는 것 같았다. 방파제 쪽으로 방향을 바꾸었다. 해무가 피어올라 수면 위로 차곡차곡 쌓이기 시작한 바다. 남자는 해무가 쌓이는 바다의 아름다움에 푹 빠져들었다. 방파제 위는 몹시 추웠다. 남자는 떨고 있는 수연의 허리를 감싸 안았다. 수연은 해무에 젖어 들 듯 남자에게 스며들었다. 남자가 수연의 뺨에 입술을 갖다 대며 속삭이던 말도 기억한다. 처음 보는 해무의 아름다운 풍경에 남자는 뷰티풀을 연발하면서 수연에게 수없이 키스했다. 지난번에 폭력적이어서 미안하다는 말은 키스할 때마다 후렴처럼 덧붙였다. 진정으로 미안해하는 것 같았다. 수연을 처음 본 이후 잊을 수 없었다는 말도 했다.

"솔직히 당신은 그렇게 무능한 녀석에게 아까워."

해무의 풍경에 빠진 남자는 수연의 머리카락을 어루만지고 얼굴을 쓰다듬었다. 수연은 차곡차곡 쌓이는 해무를 냉정하게 바라보며 해무의 시간을 계산했다.

"기훈이 녀석, 골프장 인조잔디 위에서 돌연사할 줄 알았어."

수연은 아무 말도 하지 않고 남자의 허리에 자신의 몸을 더 밀착시켰다.

"강렬한 태양에 인조잔디는 또 얼마나 열을 반사하는데,

한국에서 돌아온 녀석에게 딱 맞는 골프장을 내가 골랐지. 당신을 갖기 위해. 당신한테는 미리 포석을 깔았잖아. 내 아내와 어쩌구 하면서."

몸이 순간 움찔하면서 딱딱하게 굳어졌다. 그러나 수연은 아무런 말도 하지 않았다. 골프장 돌연사, 라는 말끝에 남자가 비웃었고 수연은 그 웃음의 의미를 분석했다. 새로울 것도 없었다. 이미 짐작하고 있던 일이 확인된 것뿐이었다.

눈앞에 안개 바다가 펼쳐졌다. 남자가 해무가 올라오는 풍경에 뷰티풀을 연발하다가 정신없이 수연의 목을 핥았다. 수연은 그가 하는 대로 두었다. 오히려 그를 유혹했다. 그 사이 해무는 모든 것을 눈치채지 못하게 공간을 지워나갔다. 남자가 수연으로부터 고개를 들었을 땐 왔던 길도 가야 할 방향도 사라져버렸다. 해무가 덮치는 것은 순간이었다. 두 사람은 해무가 만든 허공에 떠 있었다.

멋진 풍경을 만들던 해무가 괴수의 아가리가 되어 두 사람을 노렸다. 남자가 순간 당황해한다는 것을 수연은 몸으로 느꼈다. 수연은 남자의 가슴에 얼굴을 기댄 채 조금씩 뒤로 밀었다. 남자는 재빨리 주머니에서 스마트폰을 꺼내 플래시로 발밑을 비추었다. 불빛은 바닥까지 내려가지도 못하고 스러졌다. 남자는 수연의 허리를 꽉 붙잡았다. 수연은 무서운 의미들을 분석하고 해체하기를 반복했다. 시간을 기다리면서 남자를 조금씩 원하는 장소로 이동하게 했다. 공간은 해무가 길을 없애버린 지금 남자와 수연에게 전혀 의미가 달랐다. 한 발자국 한 발자국 다가가는 길이 멀고도 멀게 느껴지는 것만 의미가 같을 것이다.

"발밑을 조심해요."

남자의 팔을 잡아당기며 부드럽게 주의를 환기시켰다. 남자가 의식했다면 만나고 처음 입에서 나온 말이란 것을 알았을 것이다. 자신에게 도취되고 자만에 빠진 남자. 길이 없어지자 해무 속에서 두려움에 떨던 남자는 가드레일과 석재말뚝 사이에 걸렸다. 남자의 그 날의 떨림은 해안 여기저기에 묻어있다.

"괜찮아. 난 수영 잘해. 바다에 빠져도 걱정 없어."

그럼 한번 빠져보실까. 수연은 가드레일 아래 바닷물을 내려다본다. 물은 이미 보이지 않는다. 구름 위처럼 해무만 뭉실뭉실 피어오른다. 수연은 입술을 꽉 깨물고 손에 힘을 모았다.

수연은 정말 기훈을 죽일 생각이 없었다. 아주 조금씩 남편의 입으로 들어가는 것들에 무기력해지는 약을 넣었을 뿐이다. 혈압을 떨어뜨리고 혈당을 높이는 그런 식으로 약을 혼합해서 남편이 좋아하는 커피나 스테이크에 넣었다. 부정맥이 생기면 골프는 치기 어렵다. 수연은 그런 것들을 노렸다. 그의 에너지를 뽑아내어 자신 앞에 무릎 꿇게 하는 것이 목적이었다. 가끔 심장이 아프다는 말은 했지만, 담배를 끊지 않아서라는 말로 대신했다.

남자가 찾아왔을 때, 수연은 무릎을 꿇고 개처럼 놈의 그곳을 핥아야 한다면 차라리 죽는 게 낫다고 생각했다. 수연은 어떤 일이 있어도 살인은 하고 싶지 않았다. 그러나 죽음으로 유도해야 할 일이 일어났음을 깨달았다.

바로 옆에 보여야 할 야광 가드레일조차 보이지 않았다. 바닷물이 빠져나갔는지 밀물지어 가득 찼는지 그것도 알 수 없었다. 등 뒤에 있어야 할 카페도 해무에 묻혀 흔적조차 보이지 않았다. 어디로 가는지 안개 너머 어디로 이어지는지도 알 수 없었다.

스마트폰의 플래시가 전혀 소용없게 되자 남자는 스마트폰을 주머니에 넣었다. 남자 숨소리가 갑자기 거칠어졌다. 철썩이는 소리가 아득하게 들렸다. 보이는 거라곤 전후좌우 사방에 농밀한 회색 바다 안개뿐이었다. 두 사람이 걷는 양쪽은 모두 땅이 아니다. 구름 속을 걷는 듯했다. 어디가 길인지 어디가 바다인지 구분할 수 없던 남자는 더는 발걸음을 떼지 못했다. 남자의 입에서 욕지거리가 터져 나오면서 수연의 허리를 감은 남자의 팔이 느슨해졌다. 태연하게 남자를 따라가던 수연은 재빨리 남자의 팔에서 몸을 빼내면서 남자의 가슴을 뒤로 밀쳤다. 비틀거리던 남자는 얼른 팔을 뻗어 수연의 재킷을 잡았다.

그때의 아뜩했던 느낌에 수연은 헉, 하고 숨을 내쉰다. 안개가 입안 가득 들어찬다. 바람이 불자 안개가 휘휘 우는 소리를 내며 몰아친다. 사람 소리나 자동차 소리는 하나도 들리지 않는다. 해무는 밤하늘까지 덮었다.

해무를 뚫고 불쑥 나타난 커다란 손. 손은 수연을 뒤로 잡아당겨 안으며 다른 손으로 남자를 힘껏 밀쳤다. 석재말뚝 사이에 서 있던 남자는 뒤로 넘어져 방파제 아래로 굴러떨어졌다. 탁 타닥, 벽에 부딪히는 둔탁한 소리가 어렴풋이 들리는 듯했다. 그날 밤 장의 넓고 단단한 가슴에 얼굴을 묻었을 때, 안전하다는 생각과 동시에 뭔가 탁 터져 산산 조각나는 느낌 때문에 수연은 바닥에 주저앉아버렸다.

수연은 그날처럼 바닥에 쪼그려 앉는다. 무덤처럼 해무가 수연을 덮는다. 공포와 불안으로 깃털처럼 가벼워진 수연을 가볍게 일으켜 안아줄 장은 이제 나타나지 않고 있다. 장의 가슴에 안긴 채 먼 데서 잦아드는 물소리를 들었던 것을 기억한다. 장이 말했다.

"저놈을 봤지요. 약국에서 담배를 피우던 날. 그리고 날마다 기다렸지. 놈이 오기를."

장은 쓰러진 채 밖으로 삐져나온 수연의 두 다리를 보고 전부를 짐작했던 것 같다. 수연은 두툼한 손가락으로 젖은 머리칼을 쓰다듬어주던 장을 생각한다.

"약사님, 오늘 우리는 만난 적 없소. 나는 먼 곳 좀 다녀올라요. 배 한 번 타려고 그동안 준비해 놨으니까. 내 걱정은 마요. 저놈은 죽지 않아요. 죽을 만큼 물이 깊지도 않고. 지어낸 거짓말도 본인이 제일 먼저 믿어야 한다오."

믿으면 거짓도 진실이 된다. 믿어버리면 정말로 훨씬 편해질 것이다.

"몸조심하소. 누가 내 눈알을 파 간대도 나는 다시 돌아올 거요. 당신에게로."

도미는 머리뼈가 단단해서 부딪치는 물체는 모두 깨어지고 이빨도 강해서 조개껍질까지 부순다. 낚시를 물어도 이를 부러뜨리는 것이 도미다. 커다란 도미 한 마리가 먼바다 수심 깊은 곳으로 떠났다. 자취도 없이, 여운도 없이, 느닷없이, 거대한 도미는 해무 속으로 사라졌다.

수연은 뒤를 돌아본다. 그날처럼 약사님, 하고 속삭이듯 부르는 소리가 들리기를 바랐지만 아무도 없다. 해무뿐이다. 장은 돌아오지 않았다.

춘자

수연은 카페에 올라가기 전 남자와 함께 섰던, 그날의 방파제 위에 선다. 해무가 그날처럼 검은 물 위에 희끄무레하게 피어오른다. 바닷물이 철썩거린다. 해무를 뚫고 들리는 물결 소리는 아득한 바다의 숨소리 같다. 시간이 되면 해무가 공간을 전부 먹어치운다는 건 남자로선 상상도 못 했을 것이다. 올 때와 갈 때가 그토록 다르다는 것도 몰랐을 것이다. 은밀하게, 소리 없이, 도로 밀어낼 수 없는 해무가 이곳에 강력하게 흐르고 있다는 것을 남자는 전혀 예측하지 못했을 것이다.

방파제를 벗어나 수연은 천천히 목재 계단을 밟으며 위로 올라간다. 카페의 유리문을 밀고 들어선다. 몇 쌍의 연인들이 한 덩이가 되어 군데군데 앉아 있다. 대양으로 향한 바다 쪽에 앉는다. 머리에서 물방울이 뚝뚝 떨어졌고 써늘한 기운이 뼛속까지 파고든다. 낯선 세계로의 여행이라도 떠나는 기분으로 이 카페를 찾곤 했다. 밤의 바다 위에 펼쳐진 배들의 불빛 향연도 절경이다.

온종일 박스 안에서 사람들에게 약을 팔고 동전을 거슬러주고 웃어야 했던 약사 수연. 약사는 약국이 열려 있는 동안 잠시도 자리를 떠날 수 없다. 약사가 화장실 간 사이 정애 같은 약사보조원이 약을 팔면 영락없이 팜파라치들에게 걸린다. 문밖에는 언제나 기회를 엿보는 팜파라치들이 도사리고 있다. 몇 평 되지 않는 차가운 화학약품으로 가득 찬 공간이 자신의 세상 전부인 수연.

창밖을 내다본다. 수면에 길게 늘어진 배들의 오색찬란한 불빛은 해무에 묻혔다. 사방 넓이를 알 수 없는 어두운 공간에서 철썩거리는 소리만 들린다. 위스키 하이볼 한 잔을 단숨에 들이마신다. 비로소 요동치던 가슴이 가라앉는다.

한동안 경찰들이 부두를 드나들었지만, 미국 국적의 그에게 도미약국의 존재는 비망록에도 없었다. 그는 실족사로 처리되었다.

그러나 수연은 장의 말대로 그 남자는 죽지 않고 해무 속에 살아있음을 안다. 장이 언제 돌아올지 수연은 기다린다. 해무 속으로 블루문을 가고 그 남자가 떨어지던 방파제 위를 헤매면서 수연은 견뎌내야 한다. 자신 앞에 놓여 있는 해무의 시간을. 그 시간이 모든 것을 먹어 치울 때까지. ✶

다투(Dhatu)

다투(Dhatu)

유리문 앞에 선다.

유리에 반사된 내 모습이 녹색 괴물처럼 보인다. 녹색 바지와 녹색 반 팔 티셔츠, 녹색 수술 모자 사이의 얼굴이 밖의 어둠과 절묘하게 섞여 괴물의 이미지를 만들었다. 문을 안으로 잡아당기자 괴물 이미지는 픽셀이 부서지며 흔적도 남기지 않고 내 안으로 스며든다.

밖으로 나선다. 앰뷸런스의 불빛은 아직 보이지 않는다. 바다 쪽에서 바람이 불어온다. 한여름의 열기가 식어 서늘해진 바람이다. 별 몇 개가 포물선을 그리며 먼 곳으로 떨어진다.

S시에 위치한 이곳 병원 응급실로 파견 나온 지 거의 한

달이 다 되었다. 나를 보자마자 과장은 애인 없지? 하면서 야근만 시켰다. 야근만 했어도 그동안 별일 없었고 불만도 없다. 사실 불만을 말할 그런 처지도 되지 못한다. 그런데 조금 전 구급대원의 다급한 전화에 나도 모르게 긴장되어 자리에 앉아 있기 어려웠다.

앰뷸런스의 녹색 경광등이 번쩍거리며 병원 안으로 들어온다. 구급대원들과 함께 환자를 스트레처카로 옮겨 응급실 안으로 옮긴다. 김주희 간호사는 모니터를 연결하고 제세동기를 준비한다. 말초 정맥의 정맥로까지 동시에 확보하는 그녀의 손은 빠르고 신중하고 정확하다. 조금의 오차도 없다. 이 정도의 능력이라면 내가 있던 서울의 대학병원에서도 흔치 않은 실력이다. 한적한 바닷가 중형 종합병원에 이런 간호사가 있다는 사실에 나는 새삼 놀란다.

연결된 모니터에서 알람 소리가 시끄럽게 울린다. 심박동이 없다는 알림이지만 나는 백밸브 마스크를 움켜쥐고 기도를 확보하려고 환자의 턱을 잡는다. 온기는 있다. 그러나 살아있다는 어떤 느낌도 주지 않는다.

자정 가까운 시간에 바닷가에 주차된 승용차 안에서 발견된 52세의 남자다. 정세윤이라는 이 남자는 서울의 성형외과 개원의라고 구급대원이 말한다. 뜻밖의 환자다. 구급대원이 심장 압박을 하는 사이 나는 후두경을 들고 기도 삽관을 시작한다. 혈관이 확보되었다고 김주희 간호사가 외친다. 그녀의 손가락은 혈관 찾는 데 마법사 수준이다. 에피네프린과 아트로핀을 3분 간격으로 1mg씩 주라고 구두 처방을 내리면서 성대 사이로 튜브를 밀어 넣는다. 신 간호사로부터 주사기를 건네받아 대퇴동맥에서 피를 약간 뽑아 넘긴다. 마지막 순간까지 살아날 경우를 대비한 동맥혈 검사다.

앰부백을 김주희에게 주고 흉부 압박을 넘겨받는다. 반쯤 열린 눈꺼풀 사이로 완전히 풀린 눈동자가 보인다. 서울에 두고 온 내 환자의 눈동자가 겹쳐 보여 손끝이 잠깐 떨렸다.

심장을 누르는 손끝의 촉각은 점점 둔해지고, 시간은 속절없이 흐른다. 심폐소생술 중에 나온 모든 검사에 이상 소견은 없다. 머릿속을 아무리 뒤져 보아도 맞는 진단이 떠오르지 않는다. 건장한 체격이다. 그러나 소생술을 시행하는 동안 갈비뼈가 마른 나뭇가지처럼 부러지기 시작한다. 부러진 갈비뼈의 또닥거리는 소리가 공명을 일으킨다.

30분 지났어요, 선생님. 신 간호사가 그만하라고 애원하듯 말한다. 선택의 여지가 없다. 남자의 가슴에서 손을 떼고 사망 선고를 내려야 할 시간이다.

DOA(도착시 사망).

몸에 삽입했던 것들을 빼고, 시신을 정리한다. 죽음의 원인을 '불명'으로 적고 신고를 받고 온 경찰관들에게 상황을 설명한 후, 사체를 영안실로 내려보낸다. 가족들이 확인한 다음, 사체를 국립과학수사연구소로 옮긴다.

서울의 개업의가 S시의 한적한 바닷가에서 죽었다. 우연일까? 정말 죽음이란 의도되지 않은 우연한 불상사로 오는 것일까? 아직도 의식을 찾지 못한 서울의 내 환자는 어떻게 될까? 죽은 환자를 보다가 죽음의 문턱에 선 서울의 내 환자 생각이 밀려와 등골이 오싹해졌다.

유리문을 밀고 밖으로 나와 하늘을 쳐다본다. 별들이 잇달아 떨어진다. 서울의 사건을 깨끗이 지울 수만 있다면, 의식불명의 내 환자에게 시간을 되돌려 줄 수만 있다면 나는 무슨 짓이든 할 수 있을 것 같다. 불면의 밤을 보냈던 시간을 떠올리며 어둠을 응시한다. 잔별들이 무리 지어 바람의 방향으로 흘러갔다.

성형외과 전문의 정세윤에게 사망 선고를 내리고 두 달이 지났지만, 국과수에선 아직도 사인을 밝혀내지 못했다. 일주일 뒤면 S시에 온 지 딱 석 달이다. 모교 병원에선 석 달 정도 파견 나가 있으면 모든 일이 해결될 것이라고 했다. 그 정도의 시간이면 내 환자가 살아나기에, 충분한 시간이 될 줄 알았다. 그런데 아직도 환자는 의식을 회복하지 못했다. 삶의 경계선에서 외줄을 타듯 목숨을 이어간다. 휴대폰이 주머니 속에서 또는 테이블 위에서 진동으로 부르르 떨 때 내 몸뚱이도 함께 떤다. 죄의식을 덤으로 얹은 기다림 때문에 나는 웃는 법을 잊었고 나의 뇌파는 종일 남몰래 불안과 싸운다.

새벽 세 시.

병원 전체가 무덤 속처럼 고요하다. 응급실을 나온다. 유일한 발광생물처럼 응급실 창문만 어둠 속에서 환하다. 복도엔 내 발걸음 소리만 공간을 울린다. 의국의 문손잡이를 잡는데 머리카락이 곤두선다. 천천히 뒤를 돌아본다. 제약실 앞 복도 끝에서 뭔가 획 하고 지나간다. 고양이처럼 잽싸다. 보이는 건 어둠뿐인데 허공에 흔적이 남은 것처럼 느껴진다. 의국 안으로 들어와 얼굴만 내밀어 다시 문밖을 살핀다. 복도엔 벽에 붙여 놓은 빈 침대들만 어둠 속으로 빨려 들어가듯 놓여 있을 뿐이다.

생각을 털어버리듯 고개를 저으며 책상 앞에 앉는다. A4 용지에 써서 붙여 놓은 '다투(Dhatu)'를 본다. '다투(Dhatu)'는 '자궁 속 유골'이란 말인데 모두에게 부처의 성품이 있다는 뜻으로 해석한다. 그런 심오한 뜻은 모르지만, 인간의 생명은 2000만 마리 이상의 정자가 다투(싸움)는 데서 시작한다. 그 가운데서 딱 한 마리만 살아남아 세상에 태어난다. 생명은 그렇게 다투고 다투어서 살아남은 유일체다.

치열한 경쟁을 거쳐 태어났지만, 삶이란 무엇인가? 따위 고민해본 적 없다. 대학을 졸업하고 수련의를 거쳐 전공의 3년 차가 되기까지 상위 성적을 유지하기 위해 전력 질주해왔다. 내 머릿속엔 오직 공부뿐이었다. '다투(Dhatu)'를 알게 된 건 벼랑 끝에 선 다음이었다.

새벽 세 시, 이 시간은 '다투'를 만나는 시간이다. 글자에 정신을 집중시키면 글자가 꿈틀거리며 뇌파에 박힌다. 글자는 파장을 따라 움직이다가 서서히 사라진다. 나를 따라다니는 녹색 괴물의 이미지도 다투를 따라 사라진다. 나와 인연이 된 사람들도 하나씩 사라진다. 모든 것으로부터 끈을 놓으며 나도 사라진다. 공간과 시간이 텅 비게 되고 나는 어디에도 없게 된다. 삼십 분 정도 나는 나를 세상에서 지운다. 다투의 시간을 보내고 나야 비로소 나는 하루를 마친다.

다투를 보면서 하루를 끝내고 다시 밀려오는 하루를 시작한다. 컴퓨터를 켜고 서울의 모교 대학병원 사이트를 검색한다. 학술대회에 누가 어디로 갔으며, 어떤 논문이 주목받았고, 고가의 새로운 의료기구가 도착했다는 의례적인 뉴스들을 지나친다. 그리고 메일을 열어본다. 언제든지 휴대폰으로 확인할 수 있지만 그렇게 하지 않는다. 새벽 세 시의 이 행위는 대단한 무엇이 아니다. 그러나 다투로 하루를 마감하는 것은 이제 하나의 중요한 의식이 되었다.

치프의 이름으로 새 메일이 와 있다. 다음 주에 서울로 복귀하라는 내용이다. 기대했던 대로 복귀는 확정되었다. 내 환자가 희망적이란 뜻이기도 해서 오랜만에 가슴이 두근거린다.

섬 같은 이곳에서의 유배는 앞으로 1주일 남았다. 이제 정말 서울로 돌아간다. 아니 나는 정말 서울로 돌아갈 수 있는 걸까? 설렘만큼 알 수 없는 불안이 바닥에서 꿈틀거린다.

불안을 털어버리듯 로그아웃한다. 정확하게 3시 30분. 문을 열고 복도로 나간다. 제약실 앞을 거쳐 로비 뒷문 쪽을 향한다. 두꺼운 고무로 덧댄 구두라 소리가 나지 않는 데도 고양이 걸음으로 발소리를 죽인다. 간호사실 앞까지 눈에 띄는 것은 아무것도 없다. 벌써 몇 번째인지 모른다. 인기척이 나서 뒤돌아보면 어둠뿐이다.

며칠 전 과장이 불렀다.

"이 선생, 새벽마다 의국 사무실에서 뭐 해?"

"인터넷 합니다."

"낮에 숙소에선 뭐하고?"

"숙소에선 인터넷이 안 됩니다."

병원에서 정해준 숙소는 인터넷은 물론 엘리베이터도 없는 낡고 허름한 5층짜리 모텔의 5층 객실이다. 모텔에는 엘리베이터 대신 침대 밑에 완강기로 여자 손목 굵기의 밧줄이 비치되어 있다. 객실의 한쪽 창은 열리지도 않는다. 창을 가린 블라인드도 고장이 나서 먼지투성이 붙박이다. 나머지 한쪽 창만 삐걱거리며 가까스로 열린다. 창문 아래엔 녹슨 의자와 판자 조각들이 쌓여 그늘을 만들었다. 그늘은 잡풀로 덮인 정원의 한 부분을 먹었다.

눈 앞에 펼쳐진 풍경은 뜻밖이었다. 바로 앞이 탁 트인 바다다. 모텔은 바닷가에 세워져 있었다.

"그래? 그 시간에 병원 복도나, 제약실 앞에서 누구 만나지 않았나?"

"과장님, 혹시 유령 소문 때문에……."

과장은 힐끗 쳐다보다 실소를 터뜨렸다. 나는 얼른 뒤에선 간호사들을 돌아보았다. 언제부턴가 간호사들이 내 등 뒤에서 수군거렸다. 내가 다가서면 그들은 서로 등을 돌려 모르는 척했다. 새벽녘 병원에 유령이 나타난다는 소문이 돌았다. 유령이 나타나는 그 시각에 내가 복도를 헤매더라는 말도 있었다. 나와 유령에 대한 소문은 꼬리에 꼬리를 물고 퍼져나갔다.

유령이란 무언가를 찾아 떠도는, 이 세계를 떠날 수 없는 절실함 때문에 저세상으로 가지 못하는 존재다. 나도 그들이 말하는 유령이 궁금했다. 정작 유령과 마주칠까 봐 두려워하면서도 의국에 갈 때마다 유령이 나타난다는 제약실 문손잡이를 돌려 보곤 했다.

간호사실 문틈으로 불빛이 새어 나온다. 부목과 붕대들이 켜켜이 쌓인 테이블 너머 신 간호사의 뒷모습이 보인다. 응급실 문을 열자 차트를 보던 주희가 나를 보며 소리 없이 웃는다. 그늘 없는 미소다. 나도 저렇게 웃을 날이 있을까? 스테이션에 의자를 끌어다 엉덩이를 붙인다.

어둠조차 지친 새벽. 해맑게 깨어 있는 사람은 단언컨대 주희뿐일 것이다. 그녀는 동안의 얼굴에 뽀얗게 빛이 나는 피부를 가졌다. 누구도 그녀가 나와 같은 서른 살이라고 생각하지 않는다. 더구나 나는 의료사고 이후 십 년은 더 산 것처럼 파삭 늙어버렸다. 나의 파트너인 그녀를 환자들은 천사선생님이라고 불렀다. 쉴 틈 없이 일하는 천사 같은 그녀를 볼 수 있는 것도 며칠 남지 않았다. 그녀가 차트를 넘기며 고개를 움직일 때마다 약간 층이 진 길지 않은 머리카락들이 하얀 목덜미를 스친다. 그녀의 머리카락이 복어 꼬리처럼 흔들린다. 나도 모르게 쩝, 하고 입맛을 다

신다. 허기가 밀려온다. 고개를 숙여 그녀의 눈길을 피한다.

아침 9시.

신경외과 김 선생과 당직 교대를 하고 병원을 나선다. 납작한 돌들이 가지런히 깔린 산책로로 들어선다. 낮은 담벼락 위로 내보이는 지붕들. 그 위로 부서지는 초겨울 햇살이 정겹다. 낮은 돌담이 끝나면 넓지 않은 모래밭이 나오고 응급실 과장을 따라 가끔 가는 복어요리 집이 나온다.

과장은 복어요리를 끔찍하게 좋아한다. 그는 복어요리를 먹을 때마다 '독이냐 약이냐는 복용량의 차이에 있다'라고 강조했다. 독과 약은 본질적으로 같은 존재. 천평칭에 올려놓고 바늘이 움직이는 미세한 차이에 따라 독이 되고 약이 된다. 술도, 담배도, 심지어 물도 과량 복용하면 죽는다. 그렇게 강조하는 그는 독이 있는 복어요리를 즐기는 복어요리 광팬이다. 과장은 몇 차례 복어 독에 중독된 적이 있다고 했다. 그럴 땐 스스로 응급실에 와서 처방을 내렸다는 이야기가 내겐 전설처럼 들렸다.

과장과 함께 갔던 복어요리 집 앞을 지난다. 지난 회식 때 이곳에서 복어요리를 먹었다. 독이 없는 양식 복어회와 복어구이와 복어지리와 복어껍질 튀김 등 독을 제외한 복어의 모든 것을 먹었다. 복어요리에 허접한 철학까지 얹어 정신없이 술을 마셨다.

신 간호사가 내 옆에 찰싹 붙어서 종알거렸다. 갑자기 손으로 입을 가리고 눈동자를 좌우로 굴리면서 목소리를 팍 낮췄다.

"이 선생님, 김주회 샘 좋아하시죠?"

"왜요?"

"김 샘 남자 친구 있대요."

별다른 반응을 보이지 않자 이 간호사는 한결 목소리를 낮추어 속삭였다.

"무서운 간호사란 소문도 있어요. 저도 얼마 전에 들었거든요."

신 간호사는 이 지방 사람이다. 게다가 병원장의 먼 친척이다. 귀엽고 예쁘지만, 말이 많고 실수가 잦다. 신 간호사의 실수를 질책할 수 있는 사람은 매뉴얼대로 실천하는 주회뿐이다. 무섭다고? 그래 너에겐 무섭겠지. 속으로 중얼거리며 젓가락으로 복어튀김 하나를 집었다.

주회는 나로부터 거의 반대편 끝 지점에 앉았다. 동료들과 잡담을 나누면서 복어회를 입안에 밀어 넣는 주회를 훔쳐보았다. 신 간호사와 말을 주고받으면서도 시선은 주회에게 가 있었다. 하얀 얼굴과 핏빛 같은 입술이 유난히 도드라져 보이는 주희. 사람들은 모두 독이 없는 복어회를 먹는다. 그녀만 독이 든 복어회를 상큼하게 한입 물고 있는 것 같다.

죽음을 부르는 독처럼 치명적인 매력이 그녀에게 있다. 핏빛이 배인 도톰한 그녀의 입술. 입술에 빨간 초고추장이 핏물처럼 묻었다. 참을 수 없는 욕망에 휩싸여 사람들을 밀어젖히고 그녀 옆으로 성큼성큼 건너간다. 독이 든 핏물이 묻은 입술을 혀로 핥는다.

내게 찰싹 붙어서 종알대는 신 간호사의 얇은 입술을 보면서 그런 상상을 했다.

이른 아침이라 그런지 바닷가 모래밭에 거니는 사람들이 없다. 파도만 소리 내며 밀려왔다 밀려간다.

모래밭 가운데 놓인 나무 의자에 앉는다. 의자는 돌처럼 단단하고 차갑다. 나무가 아니라 나무처럼 채색된 돌의자다. 초겨울의 쓸쓸한 모래사장에 조개껍질들이 햇빛을 받아 반짝인다. 떠난다고 생각하니 이 병원에서 일어났던 작은 일상들이 반짝이는 조개껍질 같다.

복어 독 요리를 즐기는 과장님, 독을 입에 문 것 같은 매혹적인 간호사 김주희, 실수투성이지만 귀여운 수다쟁이 신 간호사 그리고 응급실 사람들. 떠나기도 전에 모두가 그리워지는 느낌이다.

성형외과 전문의 정세윤의 심장 박동이 멈춘 곳도 바로 이곳이다. 신문과 방송에선 성공한 성형외과의가 의료사고 이후 정처 없이 떠돌다 스스로 목숨을 끊었을 것이라는 추측성 보도를 했다. 정세윤, 그가 앉아서 마지막 바다를 바라보았을 그 자리에 지금 내가 앉았다.

겨울빛에 물든 차가운 바다. 세상의 끝자락에 선 것 같다. 몇 마리의 새들이 물 위의 하얀 배 위를 빙빙 돌고 있다. 끼룩거리는 새들의 울음소리가 배 위로 뚝뚝 떨어진다. 붉은 꽃 한 송이 바다에 던지고 싶다. 정세윤, 그를 위해. 또 나 자신을 위해.

서울에서의 사건은 지금도 바로 눈앞에서 일어난 것처럼 뼈에 사무친다. S시 병원으로 파견 나오기 전날. 외상환자와 중독환자들로 응급실엔 입원환자가 넘쳐났다.

오랜만에 비번이었다. 때가 꼬질꼬질한 가운을 벗어 던지고 숙소로 가려는 찰나. 등 뒤에서 외상 담당 교수가 불렀다. 옆으로 찢어진 교수의 눈에서 흰자위가 번득이면 나는 오금이 저리듯 멈칫한다. 그날도 교수의 날 선 눈빛에 나도 모르게 숨을 죽였다.

교수는 폐 속의 물부터 빼내라면서 칠십대 환자를 나에게 들이밀었다. 교수님, 영상의학과부터 하는 것이 순서일

텐데요, 라거나 저 지금 오프 나가거든요, 라고 절대 대답
하지 못하는 소심한 사람이 바로 나란 인간이다. 사흘 동
안 숙소에 가보지도 못했다. 바닥에 등을 대어본 기억도
가물가물했다. 오랫만의 비번이라 정신은 이미 숙소의 침
대에 가 있었다. 풍성한 꼬리로 머리를 감싸며 몸을 말고
잠이 든 여우를 꿈꾸었다.

　그런데 교수의 명령이라면 죽은 사람도 살려내야 하는
게 전공의들의 몫이다. 숙소로 갈 생각에 긴장을 놓은 탓
인지 몸이 균형을 잃었다. 환자 앞에 서는데 비틀거려지는
것을 느꼈다. 손은 평소처럼 흉관을 환자의 가슴에 겨누었
다. 갑자기 눈앞이 캄캄해졌다. 누군가가 눈에 모래를 뿌
리고 눈알을 파 간 것 같았다. 그 사이 가슴으로 들어가야
할 흉관이 손에서 미끄러져 복부를 뚫고 말았다. 정신을
차리고 보니 전문의들과 간호사들이 한꺼번에 몰려와 환
자를 에워쌌다. 뒤늦게 달려온 교수는 나를 보자마자 주먹
으로 턱을 가격하면서 무자비하게 발길질을 했다.

　턱을 어루만진다. 아직도 그 생각만 하면 턱이 아프다.
교수에게 얻어맞은 후 병실 바깥 컴컴한 곳에 오랫동안 혼
자 서 있었다. 목 디스크가 올 정도로 외상환자들의 찢어
진 부위를 꿰맸다. 피도 한 드럼은 덮어썼을 것이다. 피 묻

지 않은 가운은 내게 없다. 병원으로 온 여자 친구가 피 묻은 가운을 보고 무섭다고 했다. 피가 무섭다고? 그 후 나는 여자 친구를 만나지 않았다. 교수로부터 극한 상황으로 몰릴 때 동료들은 거의 한 번씩 도망갔지만, 전공의 3년 차가 될 때까지 나는 한 번도 피하지 않았다. 정말 알 수 없는 오기로 버텨왔다. 그런데 어이없게도 잠 때문에 한 사람의 목숨을 위태롭게 만들었다.

혼수상태인 환자를 두고 나는 그날로 협력병원인 이곳으로 유배되었다. 걱정하지 마. 살아날 거야. 동료 친구는 그렇게 나를 위로했지만 나는 헤어날 수 없는 깊은 우울함에 빠져들었다. 나는 나를 아는 모든 사람을 내 의식에서 지우고 싶었고, 나 자신으로부터도 달아나고 싶었다. 바닷가를 헤매고 다녔다.

그러던 어느 날 병실에서였다.

입원환자 한 사람이 진리는 '다투'라고 주장하자 다른 한 사람이 진리는 예수라고 주장했다. 그 두 사람은 병세가 회복될수록 심하게 다투었다. 그러자 세 번째 사람이 말했다. 진리가 무엇이든 다툴 것 없다. 바람은 제가 불고 싶은 데로 분다. 불다 불다 제 마음대로 그친다. 사는 것도 마찬가지다. 그 자리에 내가 있었다. 그날 마음의 눈을 뜨게 한 것이 처음 듣는 다투라는 단어였다. '다투'를 주장하는 환자에게 다가갔다.

"설명해 주세요. 다툰다는 건 투쟁인데 그게 어떻게 해서 진리가 되나요?"

축축한 바람이 얼굴을 스친다. 삶과 다투기 싫었던 그때 '다투'로 인해 방황을 끝냈던 일을 생각한다. 모든 것이 서럽고 그립다. 손등 위에 눈물이 뚝 떨어진다.

숙소로 돌아가자 국립과학수사연구소 부검의로 있는 준수로부터 만나자는 전화가 왔다. 준수는 사망원인이 검출되지 않은 정세윤의 최초 검안의의 말을 듣고 싶다는 이유로 나를 서울로 불렀다.

한강 다리를 건너자 눈에 익은 풍경들이 촘촘하게 다가왔다. 나의 환자와 나의 불확실한 미래가 회색 하늘 저기 어딘가에 있다는 생각이 들자 불안이 다시 고개를 들었다. 서울로 복귀된다 해도 아무 일 없었던 것처럼, 그렇게 생활할 수 있을까? 회색 도시에 회색 인간이 되어 유령처럼 스며들어야 마땅하지 않을까?

준수는 S시로 유배된 후 처음 만나는 친구다. 반가움에 손을 잡는데, 기밀을 지킨다는 각서에 사인부터 하게 했다. 해부병리학을 선택한 준수의 성격은 작은 일에도 치밀했다.

"너, 냄새 지우려고 이거 사다 놓았냐?"

통닭 냄새가 고소하다. 소주도 한 병 있다.

"뭐 그렇지. 여긴 지상이잖아. 포르말린 냄새와 시체 부패 냄새는 지하에 가둬놨어."

검사결과지를 놓고 머리를 맞대어 사인을 찾는 데 열중했다. 무엇이 중년의 건장한 남자에게 호흡부전을 유발했을까? 통닭이 싸늘하게 식어갔다.

"결국, 중독으로 돌아가야겠는데."

내가 말했다.

"왜?"

왜라니, 내가 응급의학과 의사니까 그렇지. 길 가다가 의식을 잃고 쓰러진 사람을 발견했을 때 내과 의사는 저혈당을, 신경외과 의사는 급성 지주막하 출혈을, 신경과 의사는 급성 뇌경색을 의심한다. 응급의학과 의사는 중독을 의심해서 주변에 약봉지나 빈 병이 없는지 살핀다.

"참, 그렇구나, 그때 차량에서 발견된 드링크 병이 있었지."

검사지를 뒤적거린다. 드링크 병에도 특별히 검출된 것은 없다.

"이 약물 분석은 선별검사니? 어떤 게 나와?"

"정성검사니까 100%는 아니고, 그래도 주요 약물에 대한 건 다 있어. 요즈음 프로포폴 오남용 사고가 자주 일어나서 프로포폴이나 케타민까지도 검출 가능해."

프로포폴은 마이클 잭슨이 약물중독으로 사망하면서 대중적으로 알려졌다. 성형수술과 지방흡입술과 수면내시경에 마취제로 사용된 약물이다. 연예인들에게 꿈의 피로회복제로 알려져 잠자는 약으로 오용되기도 한다. 일반인들에게까지 오남용 사고가 일어나자 마약으로 분류되었다. 정세윤은 그건 아니었다.

"네 말은 결국 극미량의 강력한 독이 있었단 말이지. 검출할 수 있는 독은 몽땅 해야겠다. 그래도 안 나오면 원인 불명이지 뭐."

"사체는 부검의한테 진실을 말한다잖아. 사인 못 밝히면 비난받을 텐데."

"산 사람 말도 못 알아듣는데 사체 말까지? 부검의가 하느님이냐? 50대 여자 지방흡입술을 하다가 복부 동맥을 터뜨려서 사망하게 했어. 부인이 말하길 절대 자살할 사람이 아니라는 거야. 그런데 말야. 이상한 것은 피로회복제를 자주 마셨다는데 어디에도 피로회복제 성분이 안 나와. 정말 미칠 노릇이야."

정세윤이 수술한 50대 여자의 얼굴과 몸매는 20대 미모의 아가씨로 보였다고 한다.

"요즘은 사체 얼굴만 보고는 나이를 몰라. 약간의 지방

이나 주름도 용서가 안 되는 거야. 의사나 환자나 욕심이
지나쳤지."

준수가 술병을 들면서 말하자 내가 물었다.

"부검의, 할 만하냐?"

"응, 사체는 이미 스위치 오프니까. 피도 안 나고 말썽도
안 일으키고, 너처럼 늘 스위치 온 할 필요도 없고."

준수는 그제야 내 몰골을 아래위로 훑는다.

"너, 아직도 잠을 못 자? 전에 그 환자, 지금까지 살아있
으니 이젠 네 책임만은 아니지."

준수의 위로에 닭다리를 찢어 질겅질겅 씹으며 떠오르는
교수의 얼굴을 애써 지웠다.

서울 복귀를 이틀 앞두고 응급실 병상을 체크하는데 갑
자기 간호사들이 문 쪽으로 몰려갔다. 비상사태가 일어난
것 같아 나도 출입구로 달려갔다. 유리문 밖에서 쓰러질
듯 비틀거리는 사람은 응급실 과장이다. 간호사들이 부축
하자 과장은 그대로 축 늘어진다. 과장을 들어 올려 침대
에 눕히자 눈도 뜨지 못하면서 스스로 처방을 내린다.

"마취과 이 과장 불러. 프로포폴하고 펜타닐 준비해라."

이미 발음이 불분명하다. 복어 독, 테트로도톡신 중독이
다.

"과장님 또 복어 드셨나 봐."

직원들이 수군거린다.

"벤틸레이터는 갈릴레오 모델 ICU에서 내려 달라 하고……. 수액은 5% 포도당 생리식염수 하나 달아 놔라. NG 튜브나 폴리 필요 없다……."

겨우 말을 마치자 반쯤 벌어진 입은 벌어진 채 굳었다. 눈꺼풀도 닫혔다. 응급처치하고 기도 삽관한 후 집중치료실로 옮기는데 주희가 과장을 뒤따랐다.

왜 주희가 집중치료실로 따라가는 걸까? 집중치료실 간호사는 다른 사람인데. 의아했다. 주희의 뒷모습을 지켜보다가 비상계단을 딛고 병원 옥상으로 올라갔다. 숨을 크게 내쉰다. 뿌연 입김이 찬 공기 속으로 빨려 들어간다. 전설처럼 들었던 과장의 중독을 직접 보았다. 아무렇지도 않은 척했지만, 실제 나는 엄청난 충격을 받았다.

국과수에서 발표한 정세윤의 사인도 테트로도톡신, 복어 독 중독이었다. 그는 복어 독에서 추출한 테트로도톡신 성분으로 자신만의 피로회복제를 만들어 복용했다고 밝혀졌다. 복어 독성분인 테트로도톡신은 청산가리의 1000배로 해독제도 없다.

24시간 깨어 있어야 하는 응급실 의료진이야말로 독에 노출된 사람들이다. 신 간호사로부터 며칠 전 주희의 과거에 대한 소문을 전해 들었다.

주희가 신규 간호사로 서울의 상급병원에 있을 때였다. 졸음을 이기지 못해 잠깐 잠이 든 주희는 소아 환자의 투약시간을 놓쳤고 아이는 죽었다. 죽음을 앞둔 아이였지만 주희의 투약 실수는 상당한 대가를 치러야 했다. 그 후 주희는 지방으로 떠돌아다니는 떠돌이 간호사가 되었고 죽음의 천사, 무서운 간호사라는 별명까지 얻었다.

김주희, 나의 어둠과 그녀의 어둠이 닮았기 때문일까? 나는 처음부터 그녀가 좋았다. 그녀를 향한 광기의 사랑이 나에게 휘몰아치기를 바랐다. 어디서도 위로받을 수 없었던 그때 내 안 깊숙이 처절하게 여자를 갈구했는지도 모른다. 그러나 내가 유예된 인간이었고, 서울의 환자가 살아나기 전에는 내가 내 것이 아니므로 나는 그녀에게 어떤 말도 할 수 없었다.

어둠 속에 잠든 담장 낮은 집들을 내려다본다. 피곤에 젖은 밤의 한숨 소리가 들린다. 어깨를 치고 제가 가고 싶은 데로 가는 바람. 바람이 떠난 후 키 큰 삼나무 가지 끝에 별들이 와글와글 모여들었다. 시간은 잔별들의 소리를 들으며 바람을 따라 흘러갔다.

새벽 세 시.

춘자

마지막 '다투(dhatu)'의 시간.

이 시간은 죄책감과 불안에 옥죄어 죽음까지 생각했던 나에게 삶의 동아줄이 되어준 시간이다. 또 한편 서울의 환자에 대한 최소한의 속죄의 뜻을 담은 의식의 시간이다. 이틀 후면 나는 서울에서 아침을 맞을 것이다. 내 삶의 매뉴얼을 다시 쓸 것이다. 새벽 세 시의 스위치는 오프로 돌린다. 리턴 불가, 용도 폐기된 스위치다.

마지막 의식을 끝내고 의국을 나선다. 응급실 약품 창고가 있는 복도 끝을 지난다. 검사실과 병실로 이어지는 왼쪽 복도의 어둠 속을 지난다. 냉기와 어둠이 함께 가라앉은 복도 끝에서 제약실로 발걸음을 돌린다. 유령이 출몰한다는 제약실 약품 창고 문손잡이를 소리 없이 돌린다. 얼굴에 소름이 돋는다. 유령과의 숨바꼭질도 오늘이 마지막이다.

새벽녘 나는 내 동선을 따라 움직이는 유령의 뒤를 쫓는다. 유령을 잡고 싶어서 제약실 주변을 배회하는 건 아니다. 유령이 누구인지 알고 싶지도 않다. 오히려 마주칠까봐 두렵다. 그런데도 나는 유령에 집착하고 유령을 찾는다. 나도 이해할 수 없는 내 행동이다.

잠겨 있어야 할 제약실 문이 저항 없이 열린다. 손잡이를 잡은 채 고개만 빼 안을 들여다본다. 약품을 담은 냉장고 돌아가는 소리가 환자의 신음처럼 들린다. 어떤 눈동자가 어둠 속에 선명하게 찍혀 있는 것 같다.

병원 직원들은 나를 유령으로 알고 있다. 정말 유령은 나인가? 유령은 명계를 건너지 못해 이승과 저승의 틈바구니에서 헤매는 가련한 영혼이다. 어떤 이는 아름다운 얼굴과 날씬한 몸을 찾아서. 어떤 이는 최고의 맛을 찾아서, 어떤 이는 돈과 또 다른 쾌락을 찾아 유령처럼 떠돈다. 우리는 모두 삶과 죽음의 경계에 한 발씩 걸치고 있는 유령인지도 모른다.

그렇다면 조금 전 어둠 속으로 사라진 형체는 분리된 나의 그림자인가. 수면마취제인 프로포폴이 제약실에서 조금씩 사라진다는 과장의 말을 떠올리며 약품 창고의 문을 닫는다. 방사선과를 지나 휠체어들이 즐비한 비상구를 지난다. 불빛이 환한 응급실을 보면서 나는 또 누군가를 생각한다. 새벽에 복도를 다니는 내 동선을 따라 제약실에서 프로포폴을 훔쳐 가는 유령. 내가 떠난 다음 유령은 어떤 방법으로 살아남을까? 나는 엉뚱한 걱정을 한다.

숙소에서 짐을 정리하는데 머릿속은 주희 생각뿐이다. 해맑은 얼굴로 항상 환하게 스위치가 켜진 그녀, 하얗게 빛나던 파트너 김주희. 파견 나온 다음날 그녀와의 첫 만 남은 약간은 운명적이었다.

만성 췌장염을 앓는 젊은 남자가 만취 상태로 들어왔다. 마약 주사를 달라고 소리 지르며 난동을 피웠다. 정상적인 진통 주사를 주려고 하자 자신이 토해낸 피와 토사물을 받은 양동이를 내 얼굴에 던졌다.

그러지 않아도 나 자신이 극도로 혐오스러울 때였다. 나는 오물을 덮어쓴 채 췌장염과 마약과 술에 절어 왜소해진 남자를 향해 주먹을 불끈 쥐고 다가섰다. 그의 멱살을 잡아 집어던진 후 의사 가운도 함께 팽개치려 했다. 주희가 재빨리 끌고 나오지 않았다면 그렇게 했을지 모를 일이다. 그녀는 샤워장으로 등을 떠밀어 넣었다.

"빨리 씻고 나오세요. 쉴 수 있는 곳을 안내할게요."

피비린내와 오물 냄새는 씻어도 쉽게 지워지지 않았다. 눈이 벌겋게 충혈된 채 나는 그녀의 손에 이끌려 간호사들의 비밀휴식처로 안내되었다.

"제가 보기에 선생님은 지금 주무셔야 해요."

주희의 말대로 침대에 몸을 던지고 눈을 감았다. 어떤 생각도 할 수 없었다. 주희가 나의 손을 잡았는데 몽환적인 느낌은 찰나였고 바로 깊은 잠에 빠져들었다. 잠에서 깨어났을 땐 몸이 가뿐했고 오물 냄새도 잊었다. 30분이 흘렀을 뿐인데 짧은 시간 죽음과 같은 깊은 잠을 잤다. 그런 잠은 이전에도 이후에도 경험하지 못했다.

정세윤은 복어 독을 피로회복제로 사용했고, 이 병원 응급실 과장은 복어 독을 맛의 쾌락으로 이용했다. 나는 복어 독 같은 주희의 매력에 빠졌다.

트렁크를 침대 옆에 세운다. 내일 아침 이곳을 떠난다. 떠난다는 사실만은 변함없는 실제 상황이 될 것이다.

늦은 저녁 시간 작별 인사를 겸한 회식 때문에 병원에 들렀다. 로비에 서 있던 주희가 나를 보고 다가온다. 턱밑으로 다가와서 내 눈을 빤히 들여다본다.

"선생님, 아직도 불면에 시달리세요? 눈이 빨개요."

주희는 녹색 간호 복 위에 검정 바바리코트를 걸치고 하얀 털이 보플보플한 머플러를 목에 둘렀다. 주희 뒤 벽면에 부착된 포스터에 눈길이 간다. 매일 보던 것인데 특별히 시선을 끈다. '편안한 수면 행복한 삶', '숙면을 책임집니다'라고 커다란 글자가 박힌 포스터다. 침대 머리맡에서 끝까지 펼쳐진 순백색 시트. 푹신한 베개에 머리를 눕힌 남자와 긴 머리를 옆으로 쓸어 넘긴 채 남자의 가슴에 얼굴을 묻은 여자. 그들은 핑크빛 이불을 반쯤 덮었다. 포스터를 보는 순간 주희와 함께 잠들고 싶은 욕구가 불길처럼 일어났다. 얼마 만에 느끼는 욕구인지 스스로 깜짝 놀라 고개를 돌리고 얼른 자리를 떴다. 문득 뒤돌아보자 수면

포스터 앞에 선 그녀가 내 쪽을 보고 있다. 정물처럼 움직임이 없다.

두개골에 뚫린 구멍으로 뇌수가 빨려 나간다. 또 그 물고기다. 한 뼘도 안 되는 길이의 물고기가 날카로운 이빨로 구멍을 뚫고 아주 맛있게 뇌수를 파먹는다. 지독한 통증에 진저리친다. 머리카락 사이로 황갈색 비늘이 반짝인다. 뇌가 텅 비기 전에 놈을 잡아야 한다. 엄지와 검지로 집게를 만들어 머리카락을 헤집어 안으로 집어넣는다. 차고 매끄러운 감촉에 털이 곤두선다. 손가락을 빠져나간 녀석은 다시 두피에 달라붙어 얼음송곳 같은 이빨을 구멍에 꽂는다. 끈적끈적한 액체가 이마를 타고 내려와 입술에서 뚝 떨어진다. 핏방울이다. 핏방울은 자꾸 떨어지고 가슴은 얼음처럼 차갑다.

어. 하고 놀라 눈을 떴다. 꿈이다. 목이 마르고 머리가 깨지듯 아프다. 그것보다 몹시 춥다. 이불을 끌어당기려는데 팬티도 입지 않았다. 발가벗었다. 게다가 옆구리에 부드러운 뭔가가 있다. 소스라치게 놀라 벌떡 일어나 앉는다. 침대 위에 알몸의 여자가 있다. 창문으로 들어온 희미한 달빛이 여자의 맨살 위를 비춘다. 머리카락을 걷어 올리며 여자의 잠든 얼굴을 본다. 주희다. 주희라서 다행이다, 라고 생각하다가 깜짝 놀라 스프링처럼 튀어 오른다.

자는 모습이 부자연스러운 것은 말할 것도 없고 숨소리가 없다. 주희를 바로 눕히고 가슴에 귀를 갖다 댄다. 심장은 규칙적으로 뛰고 있지만 아주 약하다. 침대에 내려서는데 빠지직 소리가 난다. 뭔가를 밟았다. 비틀거리며 형광등의 스위치를 찾아 누른다. 손끝이 떨린다. 불이 들어오자 발에 밟혀 부서진 주사기와 프로포폴 빈 병이 눈에 들어온다. 프로포폴의 부작용인 무호흡증이 주희를 덮쳤다. 축 늘어지던 서울의 환자가 뇌리를 스쳤다.

"안 돼, 안 돼!"

양손으로 주희의 뺨을 잡고 마구 흔든다. 반응이 없다. 인공호흡을 하면서 틈틈이 머릿속으로 어젯밤의 기억을 찾는데 쉽게 떠오르지 않는다. 알몸끼리 겹쳐 있지만 아무런 느낌이 없다. 어떻게 해서 이 여자를 안고 자게 되었을까? 어째서 기억이 지워진 걸까?

사방에서 주는 술을 다 받아 마셨다. 회식이 끝났을 때 통제력을 잃었던 기억이 난다.

주희에게 인공호흡과 심장마사지를 반복하면서 다시 처음부터 기억을 하나하나 끌어낸다. 그녀에게 이끌려 2차를 갔고 그곳에서 키스했고, 함께 숙소로 들어왔다. 졸음 때문에 생명을 죽였다, 그래서 늘 깨어 있고 싶었다, 는 주희의 말도 떠오른다. 깨어 있기 위해 유령이 될 수밖에 없었던 그녀의 고백을 바람 소리처럼 들으면서 나는 그녀의 입술을 빨고 젖가슴을 핥고 따뜻한 질 속으로 성기를 깊게 집어넣는 데 집중했다. 그리고 깊은 잠속으로 빠져들었다.

바닥에 벗어 던져놓은 옷을 대충 입는다. 코트로 주희의 몸을 감싼다. 휴대폰의 시간이 새벽 세 시다. 병원과 모텔의 거리상 119를 부르는 것보다 내가 업고 뛰는 것이 빠르다. 이불로 감싼 그녀를 등에 업는다. 완강기로 이 방을 벗어나긴 어렵다. 발끝에 걸리는 밧줄을 걷어찬다. 5층 계단을 엎어질 듯 내려와 모텔을 벗어난다.

겨울 나무들이 어두운 하늘을 향해 온몸을 흔든다. 윙윙 밤이 소리 내어 운다. 응급실로 가는 길은 텅 비었다. 입술이 떨리고 입김이 연기처럼 흩어진다. 만성 췌장염 환자에게 수모를 당했을 때 나를 잠재웠던 일이 고마운 한편, 나도 모르게 잠들었다는 것이 또 다른 의식 저편에 남아 있었다. 새벽 3시 '다투(dhatu)'를 통해 불면을 택한 이유 중엔 그녀가 던진 재갈을 물지 않으려는 무의식적인 행위가 깔려 있었는지도 모른다.

그런데 지금 마지막 하루에 긴장이 풀려 죽음을 동반한 함정에 빠진 것 같다. 겨우 유배지를 벗어나게 된 인생이다. 그 인생이 또 다른 심각한 국면으로 접어들었다는 사실을 나는 아프게 인식해야 했다.

복어 독 같은 이 여자를 내가 도대체 어떻게 해야 할까? 서울로 돌아간다 해도 기억상실증 환자처럼 이 시간을 잊고, 한 번도 만난 적 없는 사람처럼 얼굴을 돌릴 수 있을까? 세찬 바람이 가슴팍을 친다. 그녀는 점점 무거워진다. 걸어도 걸어도 제자리처럼 느껴진다. 물속으로 끌려 들어가는 것 같다.

길바닥이 수족관이다. 한 방향밖에 모르는 복어들이 자맥질한다. 꼬리에 붉은 꽃잎 같은 피를 뚝뚝 흘리며 눈앞을 빙빙 돈다. 꼬리가 뜯겨 나가는 중이다. 뒤의 놈은 앞선 놈의 꼬리를 물어뜯기 위해 작은 지느러미를 파닥거린다. 서로의 꼬리를 물어뜯기 위해 뱅글뱅글 도는 수족관 복어들. 내가 그녀의 꼬리를 물었던가? 그녀가 나의 꼬리를 문 것인가? 등짝에 짊어진 것의 실체는 무엇인가?

개 짖는 소리가 희미하게 들린다. 맹도견 리트리버처럼 사슬 같은 어둠을 목에 감고 한발 한발 걸음을 옮긴다. 휘몰아치는 겨울바람 사이로 응급실 불빛이 다가온다. ✦

숨은 집

숨은 집

그네에 여자가 앉아 있다.

혀끝으로 마른 입술을 축인다. 여자는 언제부터 저곳에 있었을까?

산에서 내려올 때 폐교 운동장엔 아무도 없었다. 사택에 도착한 후 느닷없이 여자가 눈에 띄었다. 오토캠핑장으로 등록되어 있지만 최근 방문객은 거의 없었다.

운동장엔 옹이투성이의 거무튀튀한 늙은 느티나무가 있다. '향단아, 그네를 밀어 올려다오.' 까닭 없이 이 구절이 떠오른 날, 느티나무 굵은 나뭇가지에 폐타이어로 그네를 매달았다. 땅바닥을 굴러다닌 폐타이어 속성 때문인지 캠핑족들의 관심을 받지 못했다.

까만 폐타이어 동그라미 안에 앉은 여자. 금방이라도 점

화될 불꽃의 심지 같다. 검은색 옷 위의 긴 흰색 머플러 탓인지 여자의 윤곽이 선명하다.

슬리퍼를 꿰어 신고, 폐교로 내려가는 숲길로 들어선다. 작은 새들이 날아오르자 때까치가 옆을 스치며 쫓아간다. 숲 사이로 떨어진 햇살을 밟으며 목을 쭉 뽑아 여자 주변을 살핀다. 텐트나 그늘막을 칠 캠핑 장비가 옆에 없다. 승용차도 없다. 캠핑 온 사람은 아닌 게 분명하다.

얼마 만에 보는 외부인인가. 아니, 여자인가. 시선을 떼면 혹 꺼져버릴 불꽃 같다.

걸음을 재촉한다.

어깨까지 내려오는 생머리에 카라 없는 검정 브이넥 블라우스, 발목까지 내려오는 긴치마 그리고 흰 머플러와 운동화. 이곳은 숲을 흔드는 바람에 햇살들만 심심하게 출렁이는 적요의 한복판이다. 뜻밖에 여자는 고즈넉한 폐교와 터무니없이 잘 어울렸다.

여길 어떻게 알고 왔을까?

이곳으로 오는 산길은 숲이 우거져 자동차 한 대 겨우 빠져나갈 정도다. 더구나 제멋대로 자란 잡목 울타리가 가림막을 치듯 낡은 건물을 가렸다. 폐교는 바로 앞까지 와도 선뜻 모습을 드러내지 않는다. 시간이 흐르는 동안 폐교는 스스로 숨어 있는 집이 되었다.

여자가 나를 보고 깜짝 놀라 몸을 돌려 휙 떠나버리면 어떻게 하나? 하늘에 남긴 비행 구름처럼 시나브로 지워지면 어떻게 하나?

별걱정을 다 하며 가까이 다가갔다. 그 사이 여자는 풍경 속으로 스며들어 한 폭의 그림으로 보였다. 하늘이 갑자기 어두워졌다. 지나가는 구름이 운동장으로 제 그림자를 떨군다. 여자는 어둑한 구름 그림자 속으로 잠긴다. 무채색의 여자가 무채색을 끌어들인 것 같다. 하늘을 쳐다보던 여자가 나를 향해 시선을 돌린다. 놀란 기색 없이 여유로운 표정이다.

"아늑한 곳이에요. 저, 여기서 살면 안 될까요?"

여자의 목소리는 오선지 위의 피아노 음표처럼 맑고 경쾌하다.

"아, 예. 그런 이야기라면 사무실에 가서 할까요?"

공간은 넓고 텅 비어 있다.

폐교 운동장을 오토캠핑장으로 오픈할 때, 교실 내부를 숙소로 개조해서 캠핑 온 사람들에게 빌려주었다. 천연염색 하는 중년 부부가 2년 남짓 살림도 살았다. 여자가 이곳에서 생활하는 데 문제 될 건 없다. 그런데 어쩐지 여자와 함께 머문다는 게 떨떠름하다.

사무실로 사용하는 1층 교실에서 여자와 마주 앉는다.

검은 옷 때문인지 여자는 아주 가늘어 보인다.

"1층 세 교실 중 두 교실을 이 사무실과 휴식공간으로 제가 씁니다. 2층을 사용하셔야 하는데 괜찮을까요? 화장실이나 계단이나 워낙 낡아서."

"조금 전에 말씀드렸지요? 제가 이 학교 마지막 졸업생이라고요. 우리 집과 과수원도 저 아래 인공호수에 잠겼고요. 사고로 돌아가신 부모님 유해도 저 강물에 뿌렸으니 아마 이 호수로 흘러들어왔을 거예요. 이곳은 제집이나 다름없어요."

맑은 목소리에 물기가 묻어 촉촉하다. 눈빛도 애잔해졌다. 인공호수 가까이 버려지듯 풀더미에 묻힌 수몰 지구 실향비를 본 게 기억난다.

"기억 속에서 완전히 지워지기 전에 이곳을 그리고 싶어요. 그림 그리는 동안만 있을게요. 어느 날 그냥 훌쩍 떠날테니 전혀 부담 갖지 않으시면 좋겠어요."

어느 날 그냥 훌쩍 떠나겠다고? 말도 없이?

화장기 없는 창백한 얼굴. 립스틱 흔적조차 없는 말간 입술. 블라우스 안의 가슴도 시선을 끌만큼 풍만하지 않다. 아내만큼 예쁘지도 않다. 그러나 쌍꺼풀 없이 시원하게 큰 눈과 낭랑한 목소리, 아이 같은 미소의 이 여자는 결코 평범한 여자는 아닌 것 같다.

"화가신가요?"

"아니에요. 그냥 고향을 그리고 싶을 뿐이에요. 그림 좋아하세요?"

"전시회를 다녔지만 다 옛날 일입니다."

봄날의 나비가 되어 자신의 그림 속으로 사라질 것 같은 여자. 여자에게 2층 교실 세 칸 전체를 내주기로 했다. 교실 한 칸은 숙소로 나머지 두 칸은 아틀리에로 사용하면 될 것이다. 여자를 위해 준비할 것들이 머릿속에 순서 없이 떠오른다.

"수도승이신가요?"

의자에서 엉덩이를 떼며, 여자가 묻는다. 느닷없는 질문이지만, 먹물 옷에 희고 긴 머리카락 때문이라는 걸 안다.

"허허, 늙은 폐교 지킴이지요. 언제든 오시고 싶을 때 오세요. 이곳은 유선희 선생의 집인 것 같습니다."

선희, 이름처럼 선한 여자로 보인다. 복도로 나온다. 닫힌 유리창의 창틀마다 묵은 때가 켜켜이 쌓였다. 조금 부끄럽고 민망하다. 자물쇠가 채워진 1층 끝 교실에 여자의 시선이 멈춘다.

"아, 여기요? 휴게실 겸 숙소죠. 늘 문을 잠가 놓습니다. 별거 없는데 비밀의 방처럼 되었어요."

비밀의 방? 하며 선희가 웃는다.

"샤를 페로의 '푸른 수염'이 생각나요. 아내들의 시체가 걸려 있던 방. 설마 그건⋯⋯."

나를 쳐다보는 눈빛이 스스럼없다. 마흔 살이라고 했는데 소녀 같은 분위기다. 그러다가 순간 높은 지성을 갖춘 성숙한 어른으로 보인다. 도대체 어떤 인물인지 감이 잡히지 않는다.

캠핑온 사람들이나 아랫마을 사람들이 수시로 노크도 없이 문을 벌컥벌컥 열었다. 혼자만의 방이 필요해서 절대 출입금지 공간을 만들었다. 지금은 방문객도 거의 없지만 교실 문을 잠그는 건 습관이 되었다.

복도를 벗어나 운동장으로 나서자 선희의 걸음이 빨라진다. 조회대가 있던 자리에 멈춘다. 운동장을 휘휘 둘러본다. 나는 선희의 뒷모습을 지긋이 지켜보다가 흠칫 놀란다. 선희의 등 뒤에 죽은 아내가 붙어 있다. 뒤돌아 나를 보는 아내. 뒤돌아 나를 보는 선희. 나는 못 박힌 듯 그 자리에 멈췄다.

며칠 후, 폐교에 도착한 선희는 숙소에 짐을 풀자마자 청소부터 시작했다. 까만 운동복을 입은 그녀는 까만 고무줄로 머리를 묶었다. 돼지꼬리처럼 뒤통수에서 달랑거리는 머리카락. 그녀는 교실과 화장실과 복도와 뒤 운동장의 비어 있는 닭장까지 쓸고 닦았다. 며칠 지나자 감사를 앞둔 학교처럼 폐교 전체가 티끌 하나 없이 깨끗해졌다.

10년 전 처음 이곳에 왔을 때 내 모습과 비슷하다. 그때 나는 구석구석 다니면서 버릴 것은 버리고 고장난 것은 손보아 고쳤다. 잡초 무성한 화단에 해바라기와 채송화 씨, 국화와 칸나의 구근을 사서 심었다. 상추와 시금치, 배추, 무, 가지, 오이, 도라지 씨를 뿌려 채소밭도 만들었다. 토종닭도 몇 마리 길렀다. 폐교 가꾸는 일에 집중하면서 세상을 잊으려 했다. 그러나 이런 일은 아무나 할 수 있는 게 아니었다. 채소밭은 멧돼지가 밟아 망가지고 닭들은 한 마리씩 사라지더니 어느 순간 싹 없어졌다.

살아 있는 것들에 미련을 버리고 매일 산에 올랐다. 폐교가 내려다보이는 바위 위에 올라 단전호흡을 하고 기체조를 했다. 해가 질 무렵 산에서 내려와 책을 읽었다. 식료품을 사러 시내에 나가는 날 서점에 들르는 것이 또 하나의 일과였다. 캠핑하겠다고 찾아오면 받아주고 구태여 오라고 홍보하지 않았다. 최소한의 돈으로 생활하는 나에겐 어제도 없고 내일도 없었다.

그런데 그녀가 오고 난 다음부터 내일의 태양이 언뜻언뜻 심장을 건드린다. 그녀가 내 앞을 지나칠 때 이마를 가린 머리카락 사이로 그녀의 얼굴을 훔쳐본다. 나만 그런

게 아니다. 그녀의 시선도 가끔 내게 와 머무는 것을 느낀다.

"아이들 소리 들리죠?"

폐교 안팎을 놀이터처럼 헤매고 다니는 그녀는 수시로 옛날 아이들 소리를 들었다. 일을 도와주던 나도 폐교 전체에 배어있는 아이들을 느끼기 시작했다.

칠이 벗겨진 교실 벽에 붙은 모서리 찢어진 시간표. 교실 뒷면 빼곡하게 걸린 아이들의 그림들. 칠판 한 귀퉁이에 떠든 사람 이름을 적는 반장. 자, 자, 수업 시작하자, 지휘봉으로 교탁을 탁탁 치는 선생님도 보였다. 운동장엔 느티나무 굵은 가지마다 열매처럼 매달린 아이들. 공을 차던 아이의 신발 한 짝이 공중으로 휭하니 날아오르는 모습까지. 그녀는 까마득히 잊은 어린 시절을 나에게 소환해 주었다.

아틀리에는 2층 두 교실의 가운데 미닫이문을 들어내어 하나로 텄다. 작업대로 책상을 몇 개 붙인다. 미술도구들을 정리할 도구함도 만든다. 이젤을 만들어 햇빛이 잘 드는 창가에 세운다. 마지막으로 이젤 앞에 선 붓을 든 그녀를 떠올린다.

창밖을 본다. 빛에 따라 달라지는 풍경. 그 순간을 화폭에 담을 그녀. 그녀 내면이 모네의 '수련'처럼 빛으로 닿아 있을 것만 같다. 아틀리에 작업까지 끝나자 나는 산 중턱에 있는 사택으로 올라갔다. 그녀를 만날 기회가 드물어졌다.

사택에서 내려오다가 오랜만에 폐타이어 그네에 앉은 그녀를 보았다. 천천히 다가간 나는 그네 옆 벤치에 앉아 그녀를 흘낏거렸다. 입을 굳게 다문 그녀의 시선은 낡은 폐교건물에 가 있었다. 나도 폐교건물을 본다. 그녀가 온 뒤이따금 숨을 쉬는 폐교. 나는 그녀가 폐교의 정령이라고 생각한다. 정령이 아니라면 다른 말로 설명이 안 된다. 지금 폐교의 정령은 말이 없다. 마음이 통할 땐 침묵이 완벽한 언어지만 지금 나는 이 침묵이 불편하다.

"밤에 무섭지 않아요?"

말을 한다는 것이, 고작 이 정도여서 비웃음이 돌아올 줄 알았다. 그런데 대답이 뜻밖이다.

"수도원은 더 깊은 산속에 있는걸요."

"수도원?"

"깊은 산속 외국인 수녀원장이 있는 봉쇄수도원."

"네? 뭐라고요? 그럼 수녀님?"

지금은 아니지만, 하면서 그녀는 고개를 끄덕인다. 어쩐지, 혹시나 했는데 예감이 들어맞았다. 옆에 누가 있었다

춘자

면 거봐, 내 말 맞지? 하면서 하이파이브라도 했을 것 같
다. 그녀가 하는 끝없는 노동과 기도하는 모습에서 금욕적
인 슬픔을 보았다. 세상과 거리 두기에도 단련된 모습이었
다.

짜릿한 흥분이 일어나는 것을 나는 억누른다. 침을 꿀꺽
삼킨다. 그녀 이야기를 더 듣고 싶다.

"봉쇄수도원은 일반 수도원과 뭐가 다른가요?"

소리가 목젖을 긁으면서 나와 쉰 소리가 되었는데 그녀
는 아무렇지 않게 대답한다.

"봉쇄수도원은 외부인이 들어올 수 없고 내부인은 밖으
로 나가지 않아요."

봉쇄수도원은 미사 담당 신부조차 수녀들과 얼굴을 마주
하지 않는다. 촘촘한 철망을 사이에 두고 한쪽엔 미사 올
리는 신부가 있고 반대편엔 수녀들이 있다. 미사예물인 성
체라고 부르는 동그란 밀떡은 작은 창을 통해 나이 든 수
녀가 신부로부터 전해 받는다. 보이는 건 밀떡을 전해주는
신부의 손뿐이다.

가족을 면회하는 면회소에도 불투명 칸막이로 서로의 얼
굴을 볼 수 없다. 위독한 상태가 아니라면 병원도 잘 가지
않는다. 수도원 안에서 세상과 담을 쌓고 담 밖 세상을 위
해 기도와 노동으로 24시간을 보내는 곳이라고 그녀는 말

한다.

"그럼 많이 아프거나 죽어야 바깥으로 나오는군요."

"병에 걸리면 나와도 죽어서는 나오지 못해요. 그 안에 묻히거든요. 카타콤처럼 지하 무덤에 수녀들의 주검을 차곡차곡 쌓죠."

마른 나뭇잎들이 바람이 불지 않아도 그녀의 머리 위로 떨어진다. 아름드리 느티나무를 올려다보던 그녀가 시선을 돌려 나를 본다. 나는 그녀의 존재가 느티나무처럼 경이롭고 눈이 부시어 고개를 떨군다.

산속은 해도 빨리 지고 겨울도 빨리 온다.

나는 아침마다 그녀가 떠나고 없을까 봐 그녀의 숙소인 2층을 보면서 사택에서 내려온다. 삶이란 직감대로 흘러갈 때도 있어서 본능적으로 늘 상황을 계산한다. 어느 날 숙소가 휑하니 비어 있어도 상처받지 말자고 아침마다 다짐한다.

느티나무 아래 벤치에 앉아 눈을 감는다. '은밀한 내 꿈과 만나는 이여. 그대가 곁에 있어도 나는 그대가 그립다.' 어느 시인의 시구처럼 나도 그녀가 그립다. 차가워진 바람이 얼굴을 스친다. 그녀도 바람처럼 나를 지나칠 것이다. 손을 뻗어도 내가 닿지 못할 곳에 있는 사람이다.

인기척에 감았던 눈을 뜬다. 그녀의 앞치마가 눈앞에 있다. 헛것을 본 것 같아 눈을 크게 뜬다. 정말 그녀가 내 앞에 와 있다. 앞치마에 묻은 얼룩을 보며 칸딘스키의 기하학적 무늬를 생각한다. 아니, 파울 클레를 닮았나? 아내를 데리고 다녔던 전시회가 뜬금없이 떠오른다.

"창밖으로 장 선생님이 보이는 거예요"

그녀는 나와 한 뼘 떨어진 사이를 두고 벤치에 엉덩이를 걸친다.

"그림 잘 됩니까?"

"글쎄요, 머리가 복잡해요. 그림 때문에 수도원을 나온 게 아닌가 봐요."

가슴에 담고 있던 세계를 한순간 잃어버린 사람처럼 말한다. 커다란 눈이 아래를 향하면서 입가에 살짝 미소가 번진다. 춥고 쓸쓸한 미소다.

잠시 후 그녀는 자신의 지난 이야기를 시작했다. 부모가 죽은 후 친척 집을 전전하던 일. 우연히 수도원에 들어가게 된 일. 그 길만이 하느님이 허락하신 길이라 믿고 20년을 보낸 일. 치매 앓는 노수녀님을 보살피던 일. 그 수녀님은 날마다 시집 보내줘, 시집 보내줘, 하면서 그녀를 보챘다.

노수녀의 염원이 그녀에게 옮겨진 탓인지 그녀는 수도원

담장 바깥이 그리워졌다. 드디어 열병에 걸린 그녀는 사경을 헤매게 되었고 원장 수녀는 기도 끝에 예외적으로 여행을 허락했다.

그녀는 종신서원 전 마지막 여행지였던 리투아니아의 십자가 언덕을 향해 떠났다. 바람 속을 헤치며 샤울레이의 황량한 길 끝, 십자가 언덕에 도착했다. 여름의 끝자락인데도 잔설이 남아 있었다.

십자가 언덕은 리투아니아 사람들이 전쟁에 나간 아들과 남편과 형제를 위해 나무 십자가를 세웠던 곳이다. 지금은 기독교인이든 아니든 세계의 수많은 사람이 관광 또는 소망을 담은 나무 십자가를 세우기 위해 찾는다. 나무 십자가는 발 디딜 틈 없이 쌓이고 포개지고 또 쌓여 작은 동산이 되었다.

그녀는 스무 살에 일찍 세상을 떠난 부모님을 생각하며 세운 십자가를 찾으려 했지만 찾지 못했다. 그동안 십자가 언덕은 더 높아졌고 더 넓어졌다. 바닥에 깔린 나무 십자가 중에는 썩은 것들이 수두룩했다. 수도원에서 가져간 십자가를 햇빛 드는 언덕에 내려놓는데, 나무 십자가에 걸린 묵주 알이 북유럽의 엷은 햇살에 반사되어 보석처럼 빛났다. 바람이 불어오자 묵주 알들이 서로 부딪치며 차고 맑고 서늘한 소리를 냈다.

그녀는 무릎을 꿇었다. 종신서원 하기 전 들렀던 십자가 언덕은 그녀에게 신앙의 고향이었다. 그곳에서 살고 싶었다. 그러자 십자가 언덕처럼 폐교된 모교가 떠올랐다. 모교에서 십자가 언덕의 묵주 알 소리가 나는 그림을 그리고 싶었다. 한마디로 그녀는 어릴 때 부모님과 함께 살던 고향 집이 간절히 그리웠다.

그녀는 고향을 그리기 위해 수도원으로 돌아가지 않고 폐교를 찾아왔다.

나는 그녀가 다시 수도원으로 돌아가기를 바란다고 말했다. 그녀는 수도승일 수밖에 없다. 폐교 가까운 곳에 버스가 서긴 하지만 하루에 서너 번이다. 그녀는 매일 새벽마다 한 시간을 걸어서 버스를 타고 시내 성당에 다닌다. 하루에 몇 번씩 정확한 시간에 맞춰 기도하고 성가를 부른다. 손에 든 묵주는 기도를 얼마나 했는지 묵주 알이 달아서 장미꽃 무늬도 흐릿했다. 틈나는 대로 청소하고 그림 그리는 그녀의 하루. 그녀의 하루가 수도원 안에 있을 때나 폐교에서나 무엇이 다른가.

겨울에 접어들면서 그녀의 일상은 달라졌다. 성당에 가지 않는 것이 눈에 띄었다. 운동장을 걷다가도 맨땅에 무릎을 꿇고 기도하던 모습도 볼 수 없었다. 성가 부르는 소리도 들리지 않았다. 온종일 아틀리에에서 그림만 그렸다. 가끔 느티나무 아래에 나와 앉았다. 언제부턴가 나를 외면했다.

내가 느티나무 아래에 앉은 그녀 옆으로 다가간 것은 다분히 의도적이었다. 오래전 이곳을 떠난 사람처럼 그녀는 아무 말도 하지 않았다. 가까이 앉은 나는 까맣고 긴 그녀의 속눈썹을 보았다. 그녀의 어깨 위로 떨어지는 나뭇잎을 엄지와 검지로 잡았다. 앞에서 불어오는 찬 바람에 그녀는 몸을 움츠린다. 마을에 내려갔다가 나에 대해 무슨 소문을 들은 게 틀림없다.

"내 이야기를 할까요? 고백성사 같긴 합니다만."

눈을 감고 있던 그녀가 동그랗게 눈을 뜨고 나를 바라본다.

"혹시 마을에 떠도는 소문을 들었는지 모르겠지만."

아랫마을 사람들에게 나의 닉네임은 도사님이다. 그러나 돌아서는 순간 뒷담화에 날밤을 새울 것이다. 혼자 폐교에 사는 외부인이다. 어떤 소문이 나돌아도 부담되지 않는 대상이다.

나는 멋대로 자란 울타리 나무들을 본다. 악몽 같던 시간을 떠올리기 쉽지 않다. 시간이 아무리 흘러도 치유될 수 없는 것, 운명이라고밖에 말할 수 없는 일이 있다.

춘자

아내의 산통이 시작되어 병원으로 가던 길이었다. 신호 대기에 멈추는 순간 뒤에 오던 컨테이너 트럭이 브레이크를 밟지 못하고 그대로 내 차를 덮쳤다. 뒷좌석에 앉은 아내는 병원으로 옮긴 후 몇 시간 지나지 않아 숨졌다. 아기라도 살리려고 의료진들이 애를 썼지만 허사였다. 결혼 전 보험 일을 했던 아내는 나와 자신은 물론 태아까지 보험에 들어놓았다. 운전석에 앉은 나는 크게 다치지 않아 금방 회복된 것이 문제였다.

사고의 원인은 트럭 기사의 졸음운전이다. 그런데 보험금을 노린 의도적인 사고라고 아내의 남동생이 언론에 제보하면서 일은 일파만파 커졌다.

언론의 시선은 트럭 기사가 아니라 억대 보험금이 지급될 남편에게 집중되었다. 사고를 피할 수도 있었는데 피하지 않았다고 의심했다. 매체들은 선정적인 기사를 거름망 없이 뱉어냈다. 언론의 무책임한 보도 때문에 나는 만삭의 아내를 교통사고로 유도해서 죽게 한 악랄하고 파렴치한 인간이 되었다. 경찰 조사가 시작되었고 무혐의 판결이 날 때까지 살인자로 낙인찍혔다. 사건이 종결된 뒤에도 낙인의 자국은 지워지지 않았다.

"아내와 아기 몫의 사망보험금을 아내의 가족들에게 주었어요. 그래도 살인자라는 낙인은 여전했고, 동료들의 시선도 이전과 달랐고⋯⋯."

세상은 피할 수 없는 악의적인 곳이기도 했다. 살인자로 시달리면서 유일한 바람은 인간을 만나지 않는 것이었다.

그래서 깊은 산속 폐교에서 혼자 산다. 분노나 고통도 켜켜이 얼어붙어 단단한 너테가 되어 쉽게 녹지 않는다. 숲 속 깊은 곳에서 주름만 얼굴에 깊게 새기면서 살아가는 인생이다.

말을 마친 나는 선생님의 평가를 기다리는 아이처럼 고개를 숙인다. 몸이 조금 떨리고 겨울비를 맞은 것처럼 우울하다.

그녀의 얼굴이 가까이 다가온다. 선생님처럼 느껴진다. 그녀 눈가의 자잘한 주름이 따뜻해 보인다. 그녀가 내 손을 잡는다. 부드럽고 따스한 손이다. 따스함이 전신으로 퍼진다. 차가운 바람이 불자 느티나무 가지가 소리를 낸다. 내 손을 감싼 그녀의 손이 가볍게 떨린다. 어쩌면 내 손이 떠는 것인지 모를 일이다.

나의 고백이 있고 난 후, 그녀와 거리는 한층 가까워졌다. 그녀는 거의 2층 아틀리에에서 그림을 그렸다. 그녀가 내 손을 잡아 준 것밖에 없는데, 나는 묵시적인 허락을 받은 것처럼 2층을 드나들며 그녀의 작업현장을 지켜보았다.

마을 이장이나 그녀가 나에 대해 모르는 사실이 있다. 때때로 죽이고 싶을 만큼 아내를 증오했다는 말은 누구에게도 털어놓지 않았다. 아내를 죽게 한 의혹의 시선으로 사람들이 나를 볼 때 나도 나 자신을 의심했다. 내가 정말 아내를 죽게 한 것일까?

아내는 나보다 15년이나 어리고 게다가 예쁘고 매력적이었다. 보험회사 영업사원이던 아내에게 생명보험을 들면서 둘이 눈이 맞았다. 아내의 몸은 언제나 뜨거웠고 아내를 보기만 해도 사타구니 사이에 감추어진 물건이 눈치 없이 벌떡벌떡 일어섰다. 처음 사귈 때부터 우린 어디에서든 우리가 하지 못할 장소는 없었다. 나에게 몸을 던진 아내는 짐승처럼 소리를 지르며 몸부림쳤다. 나는 아내의 몸부림과 아내의 입에서 터져 나오는 몸의 비명에 나 또한 포효했다. 우린 만날 때마다 세상의 종말을 맞은 것처럼 격정적인 키스를 나누었고 다급하고 격렬하게 서로의 몸을 찾았다.

프러포즈도 아내가 먼저 했기 때문에 결혼하면 정말 잘 살 줄 알았다. 그러나 결혼한 뒤 그런 뜨거운 순간은 오지 않았다. 사정이 끝나고 나른한 관능을 누리기도 전 아내는 발딱 일어나서 베개를 들고 다른 방으로 가버렸다.

아내의 외출이 잦아졌고 남녀 친구들을 수시로 불러들였

다. 퇴근해서 집에 들어오면 거실엔 술병들이 굴러다녔고 담배 연기가 자욱했다. 며칠씩 집을 비우기도 했다. 아내가 원하는 것이 오직 뜨거운 밤인 것을 알지만 결혼 후 그렇게 뜻대로 되지 않았다.

한번은 아내의 배 위에서 열심히 펌핑 하는데 아내가 피식 웃었다. 비웃음 소리에 그대로 푹 죽어버렸다. 며칠 후 아내와 마주 앉았다. 입술을 일그러뜨린 아내의 표정엔 혐오감이 서려 있었다. 어린 아내를 달랬다.

"왜 그래? 우리 좋았잖아."

"좋았다고? 당신만 좋았겠지. 감질나서 죽을 것 같아. 그게 안 되면 돈이라도 맘껏 쓰게 하던가. 이건 사람 할 짓이 아니야. 역시 나이는 극복의 대상이 아니었어."

그날 아내로부터 내 남성은 무참히 살해당했다. 정말 발기부전이 되어버렸다. 여러 달 고민 끝에 위자료 넉넉하게 줄 테니 헤어지자고 했다. 그녀는 한참 말이 없었다. 머릿속으로 열심히 계산하는 것 같았다.

"나 임신했어. 어차피 집안에서 따로 사는데 굳이 헤어질 필요까지 뭐 있겠어? 바람피우고 싶으면 피워도 돼."

내가 외도조차 할 수 없는 걸 알고 한 말이지만 임신했다는 말에 깜짝 놀랐다. 나는 아기에게 희망을 걸었다. 아기를 낳으면 아내도 돌아올 수 있으리라. 아내가 만삭이 될

춘자

때까지 나는 아기만 생각하며 버텼다. 교통사고는 피할 수 없는 순간에 나타난 치명적인 암초였다.

사고 이후, 숲속에 버려진 폐교 사택에 이르렀을 때 비로소 방황을 끝낼 수 있었다.

폐교 사택을 보는 순간, 포의 '어셔 가의 몰락'이 생각났다. 금 간 지붕과 벽을 살짝 건드리기만 해도 어셔 가처럼 와르르 무너져 땅속으로 스며들 것처럼 보였다. 그대로 무덤이 될 것 같아 마음에 들었다.

허름한 사택 앞에 섰을 때 한눈에 내려다보인 폐교의 느티나무에 믿음이 갔다. 산 아래 반짝이는 인공호수의 물빛은 그야말로 한 폭의 그림이었다. 등 뒤의 울창한 숲은 난공불락의 영원한 도피처가 될 수 있었다.

폐교를 사들인 후 건물 보수에 들어갔다. 사택 지붕을 루핑으로 덮는데 떨어진 나무 조각 아래로 층층이부채꽃인 보라색 루핀이 소복이 피어 있었다. 루핑 집에 루핀 꽃이라, 이렇게 흘러온 것이 나의 운명이라고 생각했다. 부서진 바람벽에 판자를 덧대면서 그곳에 살던 개미들의 피난 길도 만들어주었다. 부엌을 손질했고 주저앉은 쪽마루에 나무토막으로 동바리 기둥을 세웠다.

삶의 모서리에서 좌초된 척박한 인생과 풍화작용으로 가벼워진 집은 적막하게 잘 어울렸다.

숨은 집

폐교활용으로 오토캠핑장을 하겠다고 등록했지만 캠핑장 역할은 그다지 잘하지 못했다. 사이트에 이름만 썰렁하게 남아 있을 뿐이다. 가끔 아랫마을 이장과 마을 사람들 몇이 올라왔다. 아무렇게나 자란 흰 수염과 먹빛 무명옷을 입은 탓인지 주변 사람들은 나를 수도승쯤으로 알았다.

도사님, 저 이번 일 잘될까요? 운 좀 봐 주시면, 손금이라도.

아예 고민을 털어놓기 위해 일삼아 찾아오는 사람들도 있었다. 엔지니어 출신인 나는 사주팔자나 그런 것들에 대해선 아는 바 없다. 폐교에 들어온 이후 책을 사서 명리학 공부를 하긴 했지만, 흥미가 일어나지 않았다. 다만 10년 넘게 여자를 가까이하지 않았다. 남녀 관계를 멀리하는 것이 수도승의 기본이라면 나도 수도승이 맞긴 맞는 것 같다. 그런 생각이 들 때마다 이마에 발기부전이라는 낙인이 찍힌 것처럼 혼자 쓸쓸하게 웃었다.

겨울이 깊어지자 실내가 몹시 추웠다. 난로를 피워주려 하자 그녀가 손사래 쳤다. 수도원은 난방하지 않는다고 했다. 붓을 든 그녀의 파랗게 시린 손끝을 본다. 얼굴은 발갛게 달아올라 이마에 땀방울까지 맺혔다. 손등으로 이마의 땀을 닦다가 빨간 물감이 뺨에 묻는다. 얼룩을 닦아 주려

춘자

고 나도 모르게 손이 앞으로 나가다가 그녀 눈앞에서 멈춘다. 그녀 눈동자가 흔들린다. 그녀 입술이 놀란 듯 반쯤 벌어진다. 그 입술을 살짝 깨물며 입을 맞추는 장면이 눈앞을 스친다. 나는 입술을 꽉 깨물며 그림으로 시선을 돌린다.

그녀의 그림은 아이들 그림처럼 단순하면서 파격적이다. 기존 관념을 초월했다. 간결한 선과 단순한 채색의 강과 호수, 하늘과 구름 그리고 나무로 둘러싸인 어둠을 그렸다. 황량함이 배어있다. 폐교가 아니라 그녀 자신의 내면처럼 느껴진다. 붓으로 표현하지 못한 어떤 생각을 떨쳐버리려는 듯 그녀는 가볍게 머리를 흔든다. 붓을 내려놓고 시린 손을 싹싹 비빈다. 손을 잡아주고 싶지만 나는 문을 열고 밖으로 나온다.

아틀리에를 나와 창을 통해 다시 그녀를 본다. 그녀도 나를 본다. 무심코 본 것은 아닌 것 같다. 내 몸속까지 속속들이 뚫고 들어오는 그녀의 시선을 느낀다. 내 시선이 강렬했던지 그녀는 얼른 고개를 숙여 캔버스를 본다. 머리카락 몇 가닥이 옆으로 떨어져 그녀 얼굴을 가린다. 창밖에서 들어온 노을이 그녀에게 그림자로 남는다. 내일 당장 떠날 것 같다. 홀린 듯 그녀를 바라보는데 씁쓸한 무력감이 등을 떠민다.

내일이 아니더라도 그녀가 이곳을 떠나는 날은 찾아올 것이다. 추억할 이미지도 남기지 않은 채. 그녀나 나나 모든 흔적이 지워질 날이 반드시 온다. 그러나 잠시라도 나는 그녀의 모습을 아주 세세한 것까지 기억하고 싶어졌다.

밤이 깊어도 사택에 올라가지 않고 1층 숙소에 머물기 시작했다.

계단을 올라 숙소 안으로 들어가는 그녀 모습을 지켜본다. 2층으로 올라가는 나무 계단 삐거덕거리는 소리. 한밤중 복도를 걷는 소리. 2층 화장실과 세면장 수도관에서 물 떨어지는 소리를 듣는다. 기억해야 할 의무가 있는 것처럼.

그러던 어느 날 밤이었다. 2층에서 자박거리는 그녀의 발소리 때문에 잠들 수 없었다. 그녀도 잠들지 못하는 걸까? 밤마다 계단을 오르내리고 2층 복도를 서성이고 화장실을 드나드는 발소리. 그녀의 발소리. 유령들의 걸음걸이처럼 은밀하게 들렸다.

조용히 문을 열고 복도로 나선다. 그녀가 밟은 계단을 내가 다시 딛는다. 계단을 하나씩 오를 때마다 그녀의 옷을 하나씩 벗긴다. 알몸이 되었을 즈음 그녀 숙소 문고리를 잡다가 놓는다. 나무 바닥 위를 비추는 달빛 한 줄기를 데리고 아래층으로 내려온다. 나는 그렇게 밤마다 계단을 올라갔다. 오래된 건물의 냉기에도 나날이 몸이 뜨거워졌다.

숙소에 누워서도 몸이 식지 않고 난로처럼 뜨겁더니 새벽녘 성기가 빳빳하게 일어섰다. 발기부전이 된 다음부턴 자위행위도 되지 않았다. 샤워할 때 툭툭 치면서 건드려도 힘없이 늘어져 있던 놈이다. 나는 빳빳해진 성기를 손에 쥔 채 다시 잠이 들었다. 꿈을 꾼다. 그녀의 다리를 벌려 그녀의 몸속으로 들어가는 꿈이다. 그녀의 입술을 빠는 꿈이다. 촉촉하고 뜨거운 그녀의 살갗. 그녀가 지금 진정 유혹하는 게 아닐까? 머뭇거리는 내가 바보는 아닐까? 다음날도 그다음날도 같은 꿈을 꾸었다.

또 꿈이다. 그녀가 밟은 자국 위를 딛으며 계단을 오른다. 2층 그녀 숙소 문손잡이를 잡는다. 스르르 열린다. 어둠 속에 하얀 물체가 있다. 알몸의 여자가 돌아본다. 여자의 얼굴에 창으로 들어온 달빛이 머문다. 나는 헉, 하고 숨을 몰아쉰다. 깜짝 놀란 그녀가 벌떡 일어나려 하자 나는 그녀 위에 엎어진다. 그녀를 가슴 깊숙이 끌어안는다. 그녀의 살갗은 불에 델 정도로 뜨겁다. 숨결도 뜨겁다.

나는 목숨을 갈구하듯 그녀를 더듬는다. 그녀의 목을 핥는다. 탱탱하면서도 한없이 부드러운 유방을 핥는다. 물에서 건진 복숭아 맛이다. 물기 젖은 복숭아 같은 젖무덤을 움켜쥔 채 젖꼭지를 입에 물고 빤다. 가쁜 숨을 뱉어내던

숨은 집

그녀의 입술이 점점 더 벌어진다. 허리를 뒤트는 그녀. 그녀가 몸부림치면 칠수록 나는 더 뜨거운 불길 속에 갇힌다. 그녀의 깊은 곳에 파고든다. 그녀는 내 목을 꽉 끌어안고 통증에 겨운 신음을 뱉는다.

갑자기 아내의 소리가 들린다. 내가 품은 것은, 그녀가 아니라 아내였다. 이 소리만 없다면 아내는 내 앞에서 영원히 사라질 것이다. 머리맡에 하얀 머플러가 있다. 머플러를 끌어당겨 그녀의 입을 막는다. 소리를 내지 못하게 해도 그곳엔 뜨거운 물이 넘칠 듯 고여 있다. 나는 탁 터지는 환희를 느낀다. 감격한 나머지 손끝에 힘이 실린다. 그때, 내 머리카락을 쥐어뜯던 그녀의 손이 바닥으로 툭 떨어진다. 팽팽했던 그녀의 몸이 순간 맥없이 풀어진다.

깜짝 놀라 몸을 일으킨다. 아래에 깔린 그녀가 눈을 부릅뜬 채 움직임을 멈추었다. 극도의 흥분에 휩싸인 나는 나도 모르게 머플러로 그녀의 목을 힘껏 졸랐고 그녀는 어이없이 죽었다.

문을 잠그고 사택을 향해 천천히 걷는다. 눈 쌓인 산에 오른다. 산수유 빨간 열매 같은 묵주 알이 나뭇가지에서 흔들린다. 발목까지 전신을 가린 검은 원피스와 검은 베일. 베일 아래 머리카락 한 올도 남김없이 감춘 코이프. 중

세풍의 봉쇄수도원 수도복을 입은 그녀의 모습이 앞서간다.

그날, 그녀의 알몸을 안고 울부짖는데 그녀의 몸이 꿈틀거렸다. 그녀는 잠깐 기절했던 거였다. 수치스럽고 부끄러워 옷도 입지 못한 채 도망쳐 나왔다. 며칠 후 2층 아틀리에를 살금살금 올라갔을 때 이젤은 접혔고 그림들은 모두 등을 보였다.

그녀는 폐교에 없었다.

바닥에 납작 엎드린 몸 위로 빨간 장미꽃잎이 뿌려지던 종신 서원하던 날.

그녀는 장미꽃잎과 꽃향기에 묻히면서 영생이 아니라 자기 죽음을 보았다고 했다.

어쩌면 그녀는 죽음을 보면서부터 남자를 알고 싶었는지도 모른다. 그녀는 어디로 갔을까? 그녀가 가장 좋아하던 묵주 알 소리. 그녀는 다시 리투아니아 샤울레이 십자가 언덕을 찾아갔을까?

그녀가 떠난 후 나는 너무나 야위어서 광대뼈는 두드러지게 나왔고 볼은 깊게 팼다. 진짜 살인자가 될 뻔했던 나는 순식간에 폭삭 늙어 노인이 되어버렸다.

그녀가 떠난 지 몇 해가 지났는지 모른다. 그녀가 없는 폐교에도 봄은 해마다 찾아왔다. 다시 느티나무에 새잎이 돋기 시작한 어느 날. 선글라스 쓴 여자가 느티나무 폐타이어 그네에 앉은 것을 발견했다. 운동장 한쪽에 빨간색 소형 승용차도 있었다. 자동차의 빨간색은 한 점 핏방울처럼 선명했다.

선희? 선희가 아니다. 빨간 자동차와 선글라스와 찰싹 달라붙는 청바지. 절대 검은 옷의 선희일 리 없다. 숨어 있는 집이 이번엔 누구를 불러들인 걸까?

여자와 빨간색 승용차 때문에 폐교의 풍경은 핏빛 색채를 띤다. 무슨 말이라도 할 듯 폐교는 천천히 제 색깔을 풀며 또다시 살아나는 것 같다. 등줄기가 섬뜩해진다. 슬리퍼를 꿰어 신고 사택을 벗어나 비탈길을 내려온다. 나뭇가지 꼬챙이에 말라비틀어진 쥐 한 마리가 꽂혀 있다. 때까치가, 지난겨울 저장해둔 먹이를 잊었나 보다.

뒷문으로 몰래 들어와 비밀의 방으로 들어간다. 의자를 창 쪽에 끌어다 놓고 암막 커튼 한 자락을 살짝 들쳐 창밖을 본다.

헉!

있어야 할 곳에 그것이 없는 것처럼 느티나무 아래 선글라스를 쓴 여자가 없다. 사택에서 내려와 1층 교실로 들어온 그사이 여자는 어디로 갔을까? 느티나무 가지에 기다란 흰 머플러가 바람에 나부끼는 것 같다. 여전히 그곳에 있는 빨간 자동차. 숨어 있는 집에 켜진 빨간불.

마룻바닥 삐걱거리는 소리가 들린다. 삐걱거리는 소리는 정확하게 내가 있는 비밀의 방 앞으로 다가온다. 기억 속 어디엔가 담긴 발소리, 묵주 알 부딪는 소리가 서늘하게 들린다. 아, 외마디 탄식을 내뱉으며 나는 벌떡 자리에서 일어섰다. ✻

손짓하는 빛

손짓하는 빛

편의점 유리창 안의 캔 음료들. 빨려 들어가듯 꿈틀거리는 손가락.

전철을 탈 때부터 목이 말랐다. 게임에 빠져 잠깐 목마름을 잊었을 뿐. '살아남아라! 개복치!' 모바일 게임은 딱 킬링타임용이다. 별사탕 모양의 개복치가 9987.7㎏ 성체가 될 때까지 먹이를 찾아 먹는 단순 게임이다. 초등학생도 쉽게 끝장내는데 난 아직 마지막 단계에 진입도 못했다. 편의점 안 음료수에 한눈파는 사이 개복치는 내 손끝에서 또 죽었다. '개복치 왕'으로 진화하려는 순간이었다. 몰입해서 했는데 결정적인 순간에 놓쳤다.

'그렇지 뭐, 네가 하는 게 다 그 모양이지.' 누나의 비아냥거리는 소리가 들린다. 사실 누나의 말대로 내가 하는

　　　　　　　　　　　　　　　　춘자

일이 제대로 되는 게 없다. 될듯하다가 꼭 마지막 문턱에서 고꾸라졌다. 이딴 시시한 게임마저 이 모양이다. 화가 치민다.

치미는 화를 누르며 편의점 뒤쪽으로 돌아선다. 좁은 길에 저층 아파트와 낡은 다세대주택이 다닥다닥 붙었다. 저 길 끝 모퉁이에 누나가 사는 집이 있다. 눈앞에 보이는 음료수를 포기하고 좁은 길로 들어선다. 길도 더위에 지쳐 늘어졌는지 더 멀어진 것 같다. 땀에 젖은 셔츠가 등에 달라붙는다. 길바닥에서 올라오는 열기에 목이 바싹바싹 탄다. 이빨 사이로 혀를 밀어 넣어 땅바닥에 침을 찍 뱉은 후 모퉁이를 돌았다.

다세대주택 꼭대기 손바닥만 한 창문이 저녁 햇살을 반사한다. 벽에 난 숨구멍 같은 창문은 여전히 닫혔다. 좁은 계단을 오른다. 애리와 동거하기 전까진 매일 오르내린 계단이다. 2층 층계참을 지나 한 층 더 올라간다. 벨을 누르지 않고 손잡이를 좌우로 돌려 앞으로 당긴다. 소리 없이 문이 열린다. 그러면 그렇지, 누나는 나를 기다리고 있었어.

어두컴컴한 실내에 저녁 햇살이 비스듬히 끼어든다. 통돌이 세탁기 안으로 허리를 구부려 빨래를 꺼내는 누나. 문 여는 소리를 들었을 텐데 얼굴도 들지 않는다. 발을 안으로 들여놓으며 손잡이를 놓자 문은 덜커덕 소리와 함께 저절로 닫혔다.

"에이, 더럽게 덥네."

샌들을 벗어 던진다. 버켄스탁 샌들 한 짝이 현관문에 부딪힌 후 바닥으로 나동그라진다. 누나는 등을 돌린 채 건조대에 빨래를 넌다. 그 모습이 얼음처럼 차다. 단단히 틀어진 모양이다.

며칠 동안 틈날 때마다 문자를 보냈다. 답이 없었다. 누나 만나러 학교로 가겠어, 라고 좀 자극적인 카드를 내밀었다. 방학인 줄도 몰라? 집으로 와. 그때야 반응한 누나다.

거봐, 내 말 맞지? 학교 찾아가서 꼬맹이들 앞에 이 어깨 드러내면 아마도 누난 죽으려고 할걸. 해골 문신이 새겨진 왼쪽 어깨와 물고기 문신이 있는 팔뚝을 흔들어 보이며 애리에게 말했다. 애리는 희미하게 웃으며 고개를 돌렸다.

애리의 그 모습이 세탁기 앞 누나의 모습 위로 겹친다.

익숙한 냄새가 코끝을 스친다. 식탁 위 바구니에 복숭아가 담겼다. 복숭아에 붙은 초록 이파리들이 싱싱하다. 바구니에 코를 박고 냄새를 맡는 척하면서 말을 걸었다.

"과수원에 다녀온 거야? 어, 이번엔 도사리가 없네."

슬쩍 누나를 본다. 내 말이 들리지 않은 것처럼 여전히 돌아서 있다. 저럴 땐 청각장애인인 아빠의 모습과 똑같아 정말 얄밉다.

복숭아 과수원을 하는 아빠는 어렸을 때 열병을 심하게 앓은 후 소리를 잃었다. 엄마는 내가 다섯 살 때 죽었다. 마을이 발칵 뒤집혔다는데 나는 기억이 없다. 엄마의 죽음도 모르고 과수원에서 도사리를 발로 뭉개며 놀았다고 사람들이 말하는 걸 들었다.

선풍기에서 나오는 바람이 텁텁하다. 타들어 가듯 목이 말랐다. 아, 참 목이 말랐었지. 싱크대와 벽 사이에 붙박이처럼 박혀 있는 냉장고 앞으로 갔다. 냉장고 문손잡이를 잡자 그때야 누나가 발작 일으키듯 소리를 지른다.

"복숭아 먹으라니까. 너 때문에 도사리도 버렸잖아."

"어이쿠! 깜짝이야. 왜 소리는 지르고 난리야. 그깟 도사리가 뭐라고."

한 손으로 냉장고의 문을 잡은 채 누나를 향해 화를 버럭 내었다. '도사리 없네.'라는 말에 누나가 발끈한 것이다. 지난번 도사리들을 죄다 벽에 던져 박살을 냈다. 복숭아 도사리라면 꼴도 보기 싫다. 익지도 않고 떨어진 쓸모없는 열매. 내가 싫어하는 걸 알면서 누나는 도사리들을 꽃이라도 되는 것처럼 바구니에 담아두었다.

도사리만 보면 우리 과수원 옆집 여자가 떠오르는 것을

막을 길 없다.

누나는 나를 데리고 과수원에서 도사리들을 주웠다. 도사리들을 모아 놓으면 옆집 여자가 잼을 만든다고 가져갔다. 그 여자의 눈빛은 아직도 생생하다.

초등학교 다닐 때였다. 아비는 듣지도 말하지도 못하지, 어미는 죽었지, 딸은 정말 착한데 아들놈은 아무리 어리지만. 잠시 말을 멈춘 여자는 손가락으로 나를 가리키며 저거 뭣에 쓸까, 라고 했다. 순간 나는 양손에 도사리들을 움켜쥐었다. 그것을 본 누렁이가 꼬리를 뒷다리 사이로 감추고 마루 밑으로 기어들어 갔다. 쯧쯧, 개가 더 불쌍하네. 혀를 차면서 뒤돌아서던 여자. 도사리만 보면 나를 가리키던 그 여자의 손가락과 저거 뭣에 쓸까 하던 말이 시간이 아무리 흘러도 생생하게 떠오른다.

"시팔, 도사리 같은 소리 하고 있네. 시원한 물 없어? 음료수면 더 좋고."

냉장고 문을 연다. 헐, 대박, 웬 사이다? 냉장고 안에 500ml 페트병에 담긴 사이다가 있고 그 뒤로 푸딩이 있다. 사이다병을 꺼낸다. 금방 냉동실에서 꺼낸 것처럼 페트병이 손바닥에 달라붙는다.

"그 사이다 마시지 마."

누나가 으르렁거리듯 말하면서 다가온다. 병을 뺏으려는

누나의 손을 내치고 뚜껑을 돌린다. 뚜껑이 저항 없이 열린다.

"내가 마시려던 거야. 넌 복숭아 먹어. 아빠 생각해서."

"아빠 생각? 풋, 돌았냐?"

누나를 향해 한 마디 내뱉은 후 사이다병을 입으로 가져간다. 다시 병을 뺏으려고 다가오던 누나의 손이 눈앞에서 멈춘다. 누나 얼굴에 곤혹스러운 무언가가 지나간다. 무슨 말을 하려는 듯 입술이 조금 벌어지다가 그대로 멈춘다. 병째 마시기 시작하자 누나는 턱 밑에서 얼굴을 빤히 쳐다본다.

목구멍을 타고 내려가는 사이다는 얼음처럼 차가웠다. 혀뿐 아니라 식도까지 얼얼했다.

"다 마셔버렸네."

체념한 듯 중얼거리며 누나는 뒤로 물러섰다.

"시팔, 그깟 사이다 한 병 갖고, 쫀쫀하긴."

빈 페트병을 개수대에 던져 넣고 푸딩을 꺼낸다. TV 광고에서 본 적 있는 푸딩이다. 키스가 푸딩 맛일까, 푸딩이 키스 맛일까, 하던 청포도 푸딩이다. 푸딩을 한 손에 들고 수저통에서 티스푼을 찾아 식탁에 앉는다. 한 스푼 떠 넣자 달짝지근한 맛이 입안에 감돈다. 차고 얼얼했던 입안이 조금 녹는 느낌이다.

빨고 있는 스푼이 애리의 도톰한 입술로 보인다. 며칠 전, 애리가 푸딩을 사 왔다. 푸딩을 떠먹던 애리가 갑자기 출렁이는 젖가슴을 밀착시키며 내 입술을 빨았다. 키스가 푸딩 맛보다 좋아, 그렇게 말했다.

나는 먹던 푸딩을 집어던지고 애리를 끌어안고 침대 위에서 뒹굴었다. 애리는 내 눈꺼풀을 핥고 입술을 핥고 목덜미를 핥았다. 그날 밤 서로의 성기는 혹사당할 만큼 혹사당했다. 동거한 지 몇 해가 되지만 그렇게 격렬하게 하나가 된 적은 많지 않았다. 완벽하게 하나가 된, 죽어도 떨어지지 않을 한 쌍의 바퀴벌레가 된 순간이었다.

한 쌍의 바퀴벌레? 호호, 아랫도리가 꿈틀해져서 다리를 꼬며 고개를 드는데 누나와 눈이 마주친다. 어, 뭐야. 누나의 표정이 이상하다. 묘하게 어둡다. 이번엔 뭐야. 또 도박빚이니? 네가 인간이니? 싸움질 안 하니까 도박에 미쳐? 창피해서 사람들 앞에 얼굴을 못 들겠다. 만날 때마다 내 얼굴에다 퍼부어대는 누나의 레퍼토리. 오늘 그것이 없다. 마지막엔 '제발 집으로 돌아가서 아빠 과수원 좀 도와라. 넌 아빠가 불쌍하지도 않니?' 애원과 눈물로 끝을 맺는 패턴인데. 암튼 저런 표정은 처음 본다.

식탁 위 복숭아는 집에 다녀왔다는 표시다. 그러니까 아빠한테 일이 생긴 건 아니다. 사이다와 푸딩, 이건 애리가 좋아하는 메뉴다. 나를 위해 누나가 샀을 리 없다. 그렇다면 애리가 말도 없이 누나를 만나러 왔을까? 그럴 리는 없을 것이다. 아니면 누나에게 새로운 남자 친구라도 생겼나?

오래전 누나에게 남자 친구가 있었다. 그 인간의 나를 향한 표정은 뭐라 말할 수 없이 이상했다. 화난 듯 비웃는 듯 도무지 짐작할 수 없었다. 일 년쯤 사귀다가 아빠의 장애를 핑계로 누나에게 결별을 선언했다. 누나는 아빠의 장애를 숨기는 사람이 아니다. 지금 와서 생각하면 결별의 진짜 이유는 따로 있었던 것 같다. 누나를 뺏기는 것 같아 스토커처럼 따라다녔던 일이 떠올라 피식 웃는다.

초등학교 교사로 근무하는 누나는 나보다 다섯 살 위지만 내겐 엄마 같은 존재다. 생활비 주는 것을 아까워한 적이 없다. 다만 내가 친 사고 뒤치다꺼리를 할 때마다 몹시 창피해했고 누가 알까 봐 안절부절못했다. 동료들에게 남동생 따위는 없다고 말했을지 모른다. 사람들 앞에서 나를 부끄럽게 여길 때마다 마음속으로 누나를 증오했다. 누나의 아킬레스건은 아빠의 장애가 아니라 바로 나의 존재다. 나도 그 정도는 알고 있었다.

문제아가 되고 싶어 문제아가 되는 인간은 없다. 내 성격이 비뚤어진 건, 다 아빠 때문이다. 듣지 못하는 아빠는 상대의 입 모양을 똑바로 봐야 겨우 의사소통이 된다. 아빠의 말 상대가 되어주다가 습관적으로 상대의 얼굴을 빤히 보는 습관이 붙었다.

어린 시절부터 따돌림을 당한 것도 그 때문이다. 빨리 대답하지 않고 빤히 쳐다본다고 덩치 큰 아이들한테 수시로 두들겨 맞았다. 선생님들은 왜 이렇게 빤빤하냐면서 오다가다 심심하면 머리통을 쥐어박았다. 동네 여자들은 쟤 엄마가 쟤를 낳지만 않았더라도, 라며 쑤군거렸다. 엄마 얼굴 기억도 못 하는데, 사람들은 너 때문이라며 나를 향해 손가락질하는 것 같았다. 나는 나도 모르는 이유로 고향 사람들 모두에 의해 생판 모르는 다른 세상으로 떠밀려 나왔다.

사람을 정면으로 쳐다봐야 말할 수 있는 것은, 지금도 마찬가지다. 나 때문에, 도시로 나온 누나는 나를 정신과 병원에 데리고 다녔다. 투렛증후군이라고 했다. 병원비는 비쌌고 효과는 없었다. 고등학교를 졸업할 무렵부터 욕설은 조절되었지만 쉽게 흥분하고 화를 내는 건 변함이 없다. 다른 사람들과 눈이 마주치면 도사리 바구니를 안고 가던 옆집 여자의 눈빛이 떠올랐다. 징그러운 동물을 보듯 하던 그 눈빛. 나를 가리키던 손가락. 술판을 엎고 주먹을 휘둘

렀고, 경찰서를 고향 집보다 더 자주 드나들었다.

푸딩을 먹다가 고개를 드는데 누나의 야윈 어깨에 시선이 닿았다. 내 턱밑에도 오지 않는 작은 키. 경찰서에서 용서를 빌던 가냘픈 누나. 언제부턴가 누나의 눈빛이 옆집여자의 눈빛을 닮아갔다. 누나마저 그 눈빛을 하다니, 벌레가 된 것 같았다.

그러나 애리를 만난 후 술도 줄이고, 아르바이트를 시작했을 때 정말 좋아했던 사람은 누나였다. 이대로만 살아준다면 누나는 너를 위해 살겠어, 라고도 했다. 누나가 얻어준 원룸에서 애리와 서로의 몸을 탐하면서 해피하게 지내던 때가 그립게 다가왔다.

애리는 처음으로 사랑이 뭔가를 알게 해준 여자다. 그런애리한테 잘 해주고 싶었다. 아무리 돈이 필요했어도 블랙게임방에 발을 들여놓지 말아야 했다. 처음 몇 번 배팅에서 돈을 땄다. 그러다가 어느 순간부터 돈을 잃었다. 잘 나가다가 꼭 마지막 순간에 일이 꼬였다. 원룸의 보증금까지빼내 썼고 카드빚이 쌓여갔다. 신용불량자가 되면서 절대도박하지 않겠다고 누나 앞에 무릎을 꿇었다. 한동안 도박장을 드나들지 않았다.

그런데 도박을 억누를수록 분노가 쌓였고 수시로 폭발했

다. 재수 없는 년, 너 때문이라며 옆에 있는 애리의 뺨을 때렸고 누나 집에 와서 유리창을 향해 도사리를 던졌다. 지난번엔 하나, 둘, 셋, 넷, 바구니에 담겨 있던 도사리들을 낱낱이 세면서 죄다 던졌다. 박살 난 유리 조각에 찔려 누나의 손과 발이 피투성이가 되었다. 아래층 사람의 신고로 경찰까지 다녀갔다.

지난번 사건 때문인지 팔짱을 낀 채 거실 벽에 기대어 선 누나는 좀처럼 입을 열지 않는다. 푸딩을 먹는데 잔소리하지 않는 누나가 신경 쓰인다. 무슨 말이라도 좀 하라고. 사이다가 너무 차가웠기 때문인지 푸딩에서 쓴맛이 난다. 화가 슬금슬금 올라온다.

콩알만 한 푸딩 덩어리가 흰색 피케 셔츠 위로 떨어진다. 셔츠 자락에 묻은 푸딩을 손끝으로 톡 쳐서 바닥으로 떨어뜨린다. 푸딩이 떨어진 자리 옆에 초록색 얼룩이 있다.

"에이 씨, 뭐가 묻었지?"

손끝으로 문질러도 얼룩은 지워지지 않는다. 갑자기 낡은 선풍기 돌아가는 소리가 귀에 거슬린다.

"에이, 시발 존나."

양손에 스푼과 푸딩을 든 채 벌떡 일어선다. 발로 의자를 뒤로 찬다. 의자가 미끄러져 부딪치는 소리에도 누나는 꿈쩍도 하지 않는다. 이런 강요된 적막은 질색이다. 푸딩 용

기와 스푼을 바닥에 팽개치려다 멈춘다. 돈을 받아가야 한다. 블랙 게임방의 돈뭉치가 어른거린다. 손가락 마디마디가 가렵다. 빈 용기를 개수대에 담고 입안에 남아 있던 푸딩을 물로 헹구며 불쑥불쑥 치솟는 화를 진정시킨다. 아차 하는 순간, 식탁이고 의자고 다 집어 던지게 된다. 분노조절장애 때문에 나도 어쩔 수 없다. 이것 또한 누나를 따라가서 상담 치료를 받았지만, 효과는 없었다.

싱크대에서 돌아선 채 티셔츠 가슴 주머니에서 담배와 라이터를 꺼낸다. 필터를 손가락 끝으로 톡톡 두드린 후 입에 물고 불을 붙인다. 연기를 깊숙이 빨아들여 코로 천천히 내뿜는다. 누나가 기침을 하며 고개를 숙인다. 기관지가 약한 누나는 창문을 닫아 바깥 공기도 들여놓지 않는 사람이다. 담배 피지 마, 라고 소리 질러야 하는데 아무런 말이 없다. 내 쪽을 힐끗 쳐다본 누나는 터져 나오는 기침에 손으로 입을 가린 채 식탁 아래에서 천천히 아주 느리게 의자를 끌어내어 앉는다.

"누구 약 올리나."

유난히 굼뜬 누나의 움직임에 머리꼭지가 돌 것 같다. 피우던 담배를 개수대에 던진다. 가느다랗게 올라오던 연기가 금방 잦아든다. 호흡이 거칠어진다. 누나가 식탁 위에 놓인 스마트폰을 손가락으로 끌어당긴다. 인터넷 뱅킹을 시작하는 누나를 보자 벌렁거리던 콧구멍이 제자리를 찾는 것 같다.

액정화면에 애리의 계좌번호가 뜬다. 터치하던 손가락을 멈추고 누나가 나를 쳐다본다. 왜? 말해 봐, 라는 눈짓으로 턱을 치켜들며 거만하게 누나의 얼굴을 내려다본다. 잔소리를 듣지 않으려면 이럴 때 기죽지 말아야 한다.

"아빠 고생하시는 거 알 때도 되었잖아. 스물아홉이나 되었는데."

"재수 없게, 나이는 왜 들먹여? 내가 이렇게 된 게 누구 때문인데!"

주먹으로 식탁을 내리친다. 훈계 따윈 신물 나도록 들었다. 스마트폰이 누나의 손을 떠나 식탁 위에서 물고기처럼 뛴다. 나를 쳐다보던 누나의 시선이 칼날처럼 파랗다.

"우리 같이 죽을까?"

뜻밖에 섬뜩한 목소리. 등골까지 서늘해진다. 얼떨결에 내 목소리의 톤이 낮아졌다.

"누난, 내가 없어지면 좋겠지?"

내 눈을 빤히 들여다보는 누나. 눈동자가 흔들린다. 누나의 눈에 물기가 차오른다. 이유 없이 가슴이 철렁 내려앉는다.

"도박 안 한다고 안 해. 두고 봐. 손 끊을 테니. 대신 내 앞에서 절대 아빠 이야기하지마."

내 말이 들리지 않은 듯 누나는 손가락으로 액정화면을 터치한다. 입금된 금액이 뜬다. 생각보다 훨씬 많다. 돌아가는 길에 한판 질펀하게 놀 수 있겠다. 입꼬리가 저절로 올라간다. 단비를 만난 것처럼 힘이 솟는다. 어금니를 꽉 깨물어 무표정을 가장한다.

"알았어. 정말 손 씻을게. 믿어도 좋아."

입에 발린 인사를 한 뒤 휘파람을 불면서 경쾌하게 계단을 내려온다.

해가 지고 있다. 길어진 그림자가 발아래 감긴다. 내 그림자를 밟으며 전철역으로 향한다. 역사 안 ATM기에서 인출할 현금을 계산한다. 블랙 게임방에서 배팅할 생각을 하자 구름 위를 딛는 것처럼 발걸음이 붕붕 뜬다. 이번 한 탕만 성공하자. 성공을 손아귀에 쥔 듯 두 손을 들여다보다가 뒷주머니에서 지갑을 꺼내 카드를 찾는다. 교통카드와 운전면허증과 현금 약간뿐 지갑을 아무리 뒤져도 애리의 현금인출카드가 없다. 서둘러 애리에게 전화한다.

"현금인출카드 네가 가지고 갔어?"

"오빠가 가지고 갔잖아."

"야, 없으니까 하는 소리지."

"몰라, 난 몰라."

애리가 강하게 부정한다. 이런 거지 같은 년이. 당장 배팅을 할 수 없게 되자 욕이 튀어나오지만 속으로 삼킨다.

"빨리 집에 가서 찾아야겠다."

"응, 오빠 피시방에 먼저 들러. 아이온 게임 업그레이드 판 나왔거든."

애리의 코맹맹이 소리에 화끈했던 그 밤이 눈앞에 아른거린다. 어쨌든 지금 돈을 인출할 방법은 없다. 애리가 일하는 피시방으로나 가자. 가서 내일을 준비하자. 그런데 카드는? 곰곰 생각해보니 블랙 게임방으로 직행할까 봐 아무래도 애리가 숨긴 것 같다. 누나는 애리를 절대적으로 믿는 것 같지만 그런 속임수 정도는 쓰고도 남을 애다.

애리를 처음 만난 것은 피시방이었다.

늘 가는 동네 피시방에 새로운 여자애가 계산대 테이블에 앉아 있었다. 첫눈에 반해서 나도 모르게 얼굴을 빤히 보았다. 애리는 콧잔등에 주름을 잡으며 눈을 치켜떴다. 치켜뜬 눈도 예뻤다. 미안해, 버릇이야. 꼬리를 내리듯 말했다. 이상한 사람이네, 애리가 말은 그렇게 했지만, 우리는 가까워졌다.

"난 아빠가 없고, 오빤 엄마가 없네. 난 엄마도 없는 거나 마찬가지야. 재혼했거든. 나도 오빠처럼 착한 누나 있었다면 고등학교 때부터 이 짓 하지 않았겠지."

애리는 고등학교 때부터 피시방 아르바이트로 생활비를 벌었다. 행동도 자유롭다. 노랑머리에 짙은 화장, 유방이 절반은 드러나 보이는 민소매 티와 팬티가 보일 정도의 짧은 스커트. 누가 봐도 떠돌이에 날라리 여자애다. 보수적이고 완고한 누나가 어떻게 이런 애를 믿는지 불가사의한 일이다. 너 같은 놈 데리고 사는 걸 보면 정말 착한 애다. 난 애리가 정말 고마워. 누나는 그렇게 말하면서 애리를 예뻐했다. 모르겠다. 정말 애리가 카드를 숨겼다면 야비한 계집애, 그냥 넘어가지 않겠다.

퇴근 시간 전철 안은 복잡했다. 스마트폰을 꺼낸다. '몰라몰라 개복치' 게임이나 해야겠다. '살아남아라! 개복치' 게임을 '몰라몰라 개복치' 게임이라고도 했다. 개복치의 돌연사 이유를 몰라서 '몰라몰라' 하는 줄 알았는데 알고 보니 '몰라몰라'는 개복치의 학명이었다. 사람들에게 떠밀리면서 스마트폰 액정화면 가운데 Z를 그려 잠금을 해제한다. 두둥, 소리와 함께 별사탕 모양의 개복치 알이 뜬다.

게임에서 개복치는 정말 어이없이 죽는다. 엄청나게 큰 실제 개복치도 어이없이 죽는다는 걸 게임을 하면서 알았다. 앞에서 다가오는 바다거북과 부딪칠까 봐 미리 죽는다. 직진만 하는 개복치는 직진만 해서 바위나 배에 부딪혀서 죽는다. 바다 위에 누워 일광욕하다가 잠이 들어 육지로 떠밀려 와서 인간에게 잡혀 죽는다. 비닐봉지를 해파리인 줄 알고 먹어서도 죽고 햇빛이 너무 강해서도 죽는다.

게임 속에선 손가락에 터치되거나 스마트폰이 흔들려서도 죽는다. 개복치 죽음의 원인이 재미있어서 처음엔 멘탈 바스러지는 줄 알았다.

왕으로 진화하기 위해 게임을 시도한다. 그런데 배팅을 꿈꾸던 손가락은 개복치 게임에 흥미를 잃었다. 사실 도박은 개복치 게임보다 더 쉽다. 인생이 그렇게 쉬운 게임인 줄 아느냐고 툭하면 훈계하려 드는 누나. 손끝에 전해오는 지폐 다발의 감촉은 섹스보다 더 격렬한 쾌감을 주는데 노처녀인 누나가 그 판타스틱한 세상을 알 리 없다.

바보……. 누나의 목소리가 들린다. 그래, 바보라서 쉬운 게임밖에 할 줄 모른다. 내 탓이 아니야. 아빠 탓이고 엄마가 없는 탓이고, 잘난 누나 때문이지.

스마트폰을 손에 쥔 채 창밖을 내다본다. 점점 어두워진다. 문득 창에 비친 내 얼굴이 양아치 같고 쓰레기 같다는 생각이 밀려든다. 누나가 준 돈도 모자라 애리의 월급까지 싹싹 긁어 썼다. 애리도 신용불량자 되는 것은 시간문제다. 애리의 우울한 눈빛이 나를 본다.

이번엔 정말 도박에서 손을 떼고 편의점 아르바이트라도 해야겠다. 그렇지 않으면 애리는 내가 찾지 못하는 곳으로 영영 숨어버릴지도 모른다. 내게서 벗어나기 위해 애리는 몇 번이나 달아났고 번번이 내 손에 끌려 돌아왔다. 두 번 다시 나를 떠나지 못하게 무자비하게 두들겨 팬 적도 있다. 어쩌면 블랙 게임방을 가지 않게 된 건 잘된 일인지 모르겠다.

갑자기 몸이 으스스 떨린다. 우울한 생각 때문인지 전철 안 에어컨 때문인지 몸살기 같은 것이 온몸에 퍼진다. 어딘지는 모르지만 내 몸이 몹시 아프기 시작한 것 같다.

애리의 피시방에 도착했을 땐 완전히 깜깜해진 뒤였다. 계산대 테이블에 앉은 애리에게 손가락으로 브이 자를 그려 보인다. 누나한테 돈을 넉넉하게 받았다는 뜻이다. 애리는 두 팔로 하트 모양을 만들어 보인다. 우리는 돈만 있으면 환상적인 바퀴벌레 한 쌍이다. 게임기 앞에 앉자 애리가 햄버거와 콜라를 가져왔다. 어쩐지 속이 더부룩한 것 같아 손도 대지 않고 아이온 게임을 시작한다.

내 캐릭터 중 최고의 챔피언 브랜드를 불러낸다. 모니터에서 캐릭터들은 살아 있는 생물이다. 슈욱하는 소리를 내며 모니터 밖으로 팔을 뻗어 내 손을 잡아 모니터 안으로 끌어들이는 착각을 불러일으킬 때도 있다. 나의 캐릭터들은 놀라운 힘도 지녔다. 엉덩이에 멋진 꼬리가 있는 내 챔프 브랜드는 손잡이가 달린 가늘고 긴 칼을 들었다. 브랜드가 몬스터를 죽이고 타워를 부수어 본거지를 파괴하기 위해 정글로 들어간다. 브랜드는 짧은 순간 폭발적인 데미지를 적에게 가한다. 앗싸! 상대는 힘 한번 제대로 쓰지 못하고 순간 삭제당한다.

습관적으로 왼손이 햄버거를 집어 입으로 가져간다. 한 입 베어 무는데 뱃속 저 밑에서부터 뭔가 위로 치솟는데 참을 수 없다. 뜻밖에 긴급 상황이다. 햄버거를 던지고 화장실로 뛰어간다. 변기에 엎드린 채 토한다. 먹은 것도 없는데 자꾸 위로 올라와서 토하고 또 토한다. 똥물 같은 노랗고 끈적끈적한 액체가 다 나올 때까지 변기에 얼굴을 처박았다.

한참 만에 변기에서 벗어나 코를 풀고 수돗물로 입안을 헹군 후 얼굴을 든다. 세면대 앞의 거울 속에 있는 사내가 절대 나라고 말할 수 없다. 그 짧은 시간에 이렇게 변할 리 없다. 핏기없는 얼굴에 눈은 퀭하고 입술 한쪽으로 진득한 액체가 매달렸다. 오줌을 지렸는지 바지도 축축하다. 설마 이게 현실은 아닐 것이다. 아마도 게임 속일 거야. 어기적거리며 자리로 돌아온다. 애리가 하얗게 질린 얼굴로 나를

춘자

본다.

"오빠, 왜 그래? 토했어? 뭘 잘못 먹었어?"

"푸딩 밖에 안 먹었는데."

"아냐, 오빠 너무 이상해. 배탈이 단단히 난 것 같아. 약국 가자."

카운터를 다른 사람한테 맡기고 애리는 가까운 약국으로 나를 데리고 갔다. 먹은 게 푸딩밖에 없고 숨이 차다고 말하자 급체 같다며 약사가 빤히 바라본다. 약은 두 알씩 네 시간마다 복용하라며 알약이 담긴 작은 통 한 개와 드링크제를 봉지에 담는다. 그 자리에서 일 회 분의 약을 먹었다.

약국을 나와 눈앞에 보이는 집까지 걷는 것도 몹시 힘이 든다. 입에서 독한 냄새가 났고 숨 쉬는 일이 벅차다. 술취한 것처럼 다리도 휘청거린다. 땀에 젖은 셔츠가 선뜩선뜩하다. 일사병인지 열사병인지 아무래도 더위 먹은 것 같다.

건물 4층 위 옥탑방을 쳐다본다. 원룸 보증금을 빼 쓴 후옮긴 곳이다. 존재하지만 존재하지 않는 공간처럼 바로 아래서 올려다보면 보이지 않는다. 가파른 계단을 오를 때마다 애리는 공중그네를 타는 기분이라고 했다. 침대에 눕는다. 이제 괜찮을 거라며 애리를 피시방으로 돌려보냈다. 어쩌면 블랙 게임방에서 돈을 잃게 될까 봐 지레 겁을 먹었고 그 스트레스로 아픈 것 같다. 멀리서 개 짖는 소리가 들린다. 문득 병든 짐승이 되어 버려진 기분이 든다. 까마득한 곳으로 떨어지듯 잠이 덮치는데 엄마 얼굴이 어렴풋이 떠오른다.

얼마나 잤을까? 옥탑방 계단을 오르는 애리의 발소리를 듣지 못했다. 문이 열리는 것도, 형광등을 켜는 것도 몰랐다. 힘겹게 눈을 떴는데 애리가 거꾸로다. 애리는 언제부터 저렇게 거꾸로 있었던 걸까?

애리가 조심스럽게 다가오다가 화들짝 놀란다.

"어휴, 죽은 줄 알았잖아. 어쩌다가 이렇게 거꾸로 누웠대."

애리가 아니라 내가 거꾸로다. 발은 침대 위에 있고, 머리는 바닥으로 미끄러져 뒤로 젖혀졌다. 애리는 머리를 들어 침대에 반듯하게 눕힌다. 진득한 액체로 범벅이 된 얼굴을 물수건으로 말끔하게 닦아준다. 목이 아프다고 손으로 목을 가리킨다. 주르르 흘러내린 눈물이 입안으로 들어와 찝찔한 게 느껴진다.

"목 아파? 알았어. 암말 하지 마. 곧 괜찮아질 거야."

눈물을 닦아주는 애리 눈빛이 싱싱하다. 반짝이는 것처럼 보인다. 그 싱싱한 눈빛이 마음에 들지 않는다. 나는 아파 죽겠는데. 욕이라도 뱉어주고 싶지만 입을 벌리는 게

귀찮다. 몸속의 모든 기운이 다 소진되어 남은 게 없다.

"그런데 오빠, 누나 집에서 뭐 먹었어? 도대체 왜 이래?"

나도 모른다. 푸딩밖에 먹은 게 없는데 내가 도대체 왜 이러는지.

"아무래도 뭘 잘못 먹었나 본데. 우리 피시방 앞에 가정의원 있잖아. 거기 가보자."

애리는 걱정이 되는지 무슨 말인가 계속 떠든다. 누가 1t 넘는 개복치 잡았다는 말도 했다. 글쎄 개복치가 바다 한가운데서 잠이 들었대. 잠든 채 둥둥 떠서 파도에 밀려 해안으로 왔대. 그걸 손쉽게 잡았다고 난리야. 로또 당첨된 기분이라나. 애리의 말을 들으며 나는 다시 잠속으로 빠져든다. 개복치 등에 올라 바다 위를 둥둥 떠다니는 꿈을 꾼다.

"이러다가 정말 멀쩡한 사람 잡겠다."

며칠 동안 동네 병원 몇 군데를 돌아다니면서 애리가 한 말이다. 가는 곳마다 의사들은 검사를 해봐야겠지만 하고 자신 없는 목소리로 얼버무렸다. 목은 점점 더 아팠고 몸은 점점 더 가누기 어려워졌다. 마지막 내과의원에서 써준 소견서를 들고 대학병원 응급실을 찾았다.

꾀죄죄한 가운을 입은 앳된 얼굴의 의사 앞에 앉았다. 어디가 제일 아파요? 언제부터 아팠나요? 열은 안 나나요? 고혈압, 당뇨, 결핵, 간염 앓은 적 있나요? 수련의는 숨도 쉬지 않고 질문을 쏟아내며 열심히 체크 한다. 청진기를 꺼내 숨소리도 들어보고 아, 해보라고 하면서 목구멍을 본다. 고개를 갸웃거린다. 눈을 깜빡깜빡하더니 피검사와 가슴 x-ray 촬영을 하게 한다.

한때 폭력조직에 가담했을 정도로 단련된 근육질의 몸이다. 조직에서 나오지 않으면 네가 보는 데서 목을 매어 죽을 거야. 누나가 목숨 걸고 조직에서 나오게 했다. 정신과를 제외하면 병원 다닌 적도 없다.

간호사가 수액 백과 주사기, 빨강, 보라, 파란색 튜브 같은 것들이 담긴 접시를 들고 왔다. 손을 달라고 하더니 팔에 끈을 감고 혈관을 찾아 주사를 꽂는다. 주사기 안으로 빨간 피가 빠져나간다. 간호사는 색색이 튜브에 피를 담는다. 피를 너무 많이 뽑는 것 같지만 말할 기운이 없다. 간호사는 팔에 수액을 연결하고 주사기에 담긴 약을 넣는다. 애리는 수액 백이 걸린 폴대를 잡고 나는 애리에게 몸을 기대어 걸으며 x-ray를 찍으러 갔다.

검사가 끝난 다음 의사들 여러 명이 차례대로 와서 목구멍을 들여다보았다. 마지막에 내 또래로 보이는 젊은 의사가 담당의라며 나타났다. 며칠 밤을 새웠는지 피곤함에 절은 얼굴이다.

"신장 수치가 나쁘고 염증 수치도 높아요. 그래도 환자분이 스물아홉 살, 젊어서요, 이 정도 신부전은 이겨낼 겁니다."

지친 모습과 달리 자신 있게 말한 의사는 애리를 보며 원무과에 가서 입원 절차를 밟으라고 했다.

"그런데 참, 마지막으로 먹은 게 뭐였다고요?"

푸딩이다. 푸딩만 먹었다고 그동안 수없이 말했다. 푸딩만 먹었다고요? 정말 그것뿐이었나요? 의사는 빠르게 되묻고는 총총 사라졌다. 애리는 누나에게 연락을 취한 후 아내처럼 보호자가 되어 입원 절차를 마쳤다.

입원한 지 일주일이 지났지만, 병은 조금도 호전되지 않았다. 숨쉬기가 어렵다고 하소연했더니 간호사가 코에 산소를 대주었는데 오히려 더 숨 쉬는 게 어려워졌다. 의사는 계속 무얼 먹었느냐며 지치지도 않고 묻는다. 아, 그러고 보니 얼음처럼 차가운 사이다를 마셨던 게 기억났다. 사이다를 떠올리자 무언가 눈앞에 자꾸 어른거리는데 그게 무언지 모르겠다. 혀끝에서 맴돌 뿐 언어의 형체를 띠지 못한 채 의식이 점점 떨어졌다.

컴컴한 계곡 쪽에서 회오리바람이 일어나 아이온 게임 속 어둠의 숲으로 내몰렸다. 불타는 적의 숲 한가운데 혼자다. 적들이 긴 칼을 들고 천천히 다가와 나를 에워싼다. 살려달라고 소리 지르다가 힘겹게 의식이 돌아왔다. 양쪽 팔에 주렁주렁 무겁게 매달려 있는 것들이 보인다. 업보처럼 내 몸에 매달린 저것들은 무엇일까? 까무룩 의식의 저 바닥으로 떨어지다 다시 깨어나곤 했다.

담당의는 몸을 수그리고 내 얼굴을 살피면서 누나에게 말한다. 누나가 와 있었다. 두 사람 모두 표정이 동굴처럼 컴컴하다.

"원인을 모르겠습니다. 환자 본인은 그날 푸딩만 먹었다는데. 투석해도 소용없고, 인공호흡을 시키니까 폐는 더 나빠지고. 산도는 오르고 콩팥 기능도 떨어지기만 합니다."

나는 소리 지른다. 발버둥 친다. 누나, 누나. 누나, 살려줘. 제발 살려줘. 나 말 잘 들을게. 아버지 과수원에 가서 열심히 일할게. 누나, 어떻게 좀 해줘. 누나는 멍하니 뜬 내 눈을 보다가 가슴에 귀를 대어보다가 두 손으로 얼굴을 가리고 한참을 흐느낀다. 병실 문을 나서면서 누나는 몸을 돌려 나를 돌아본다. 멍한 눈동자에 찍힌 누나의 뒷모습. 눈을 뜨고 본 마지막 울고 있는 누나의 모습이다.

춘자

담당 의사가 목에 중심정맥관이라는 커다란 주사를 넣고, 코에 달린 산소 호흡기를 마스크로 바꾼다.

"집중치료실로 옮기는 거예요."

　간호사가 그렇게 말하면서 침대를 밀고 간다. 눈꺼풀 위로 밝은 빛이 쏟아진다. 모니터와 기계들의 규칙적인 소리가 들린다. 긴 날 같이 느껴지는 차가운 쇠가 목구멍을 막는다. 사타구니에도 무슨 관 같은 것을 쑤셔 넣는다. 아프다. 그러나 소리 지를 수도 없다. 내 몸은 통증에 반응하는 신음조차 내지 못한다.

　누나, 애리야. 아빠, 그리고 엄마. 엄마는 왜 죽었어? 과수원에 있던 제초제를 왜 마셨어? 불현듯 숨을 쉬지 못해 목을 움켜잡고 쓰러지던 엄마 모습이 선명하게 기억난다. 엄마의 토사물이 묻어 초록색으로 얼룩졌던 셔츠와 치마. 희미해진 기억 속 혀끝에서 맴돌던 말. 그날 누나 집에서 흰 셔츠에 묻었던 초록색 얼룩. 누나가 마시지 말라고 소리 지르던 사이다의 흔적 같은 초록 얼룩. 의사에게 초록 얼룩에 관해 말하고 싶었는데 끝내 기억을 끌어내지 못했다.

"스물아홉 살이면 병원 침대에 누워만 있어도 살아나잖아. 최선을 다했지만, 어딘가 잘못되었어. 내부 문제가 아니라 외부 문제를 따졌어야 해. 응급실에서 잘못 판단한 것 같아. 이제 깨닫다니, 오늘 밤이 고빈데. 아아, 가여워서 어떡하나. 나랑 동갑인 이 환자."

담당의는 허공을 향해 한숨만 내쉬다가 나간다. 애리가 들어온다. 애리는 나에게 몸을 기울여 얼굴을 쓰다듬는다. 이마에 몇 번이나 입을 맞춘 후 내 손을 잡는다.

"오빠, 애리는 오빠 정말 사랑했어. 그런데 이렇게 가는 거야? 어떻게든 산다고 생각했는데. 우리 너무 좋았잖아. 이렇게 가는 건 아니지. 이건 아니야. 정말 이건 아니란 말이야. 오빠."

애리가 소리 죽여 흐느낀다. 개복치가 생각난다. 바닷속 거대 생물 개복치, 3억 개의 치어에서 단 한 마리만 살아남는다. 쉽고 단순한 게임이라 인기 있는 '살아남아라! 개복치!'. 쉬운 게임조차 마지막 단계까지 가지 못했다. 블랙 게임방에서도 그랬다. 한 방 터질 것처럼 될 듯 될 듯했는데, 꼭 막판에 고꾸라졌다.

그래도 이건 아니다. 비바람에 일찍 떨어지는 복숭아 도사리처럼 스물아홉 살에 죽고 싶진 않다. 죽을힘을 다해 살아나고 싶다. 나는 꺼이꺼이 소리치면서 죽음을 밀어낸다.

"오빠? 오빠가 눈을 떴어. 나 애리야, 보여?"

애리가 내 눈의 수정체에 자신의 눈동자를 바싹대고 내

안의 어둠을 응시한다. 애리야. 애리의 얼굴을 만지고 싶다. 그러고 보니 언제부턴가 내 얼굴도 보지 못했다.

그렇게 쉽게 죽는 개복치도 죽을 땐 이유가 있는데 나는 내가 왜 이렇게 되었는지 이유를 모른다. 정말 푸딩밖에 먹은 게 없는데 낚싯바늘을 삼킨 물고기가 되었다. 애리의 울음이 끝나면 지친 의사가 내 몸에 구멍을 뚫고 매달아 놓은 것들을 걷어내겠지. 구멍마다 벌레들이 우글거릴지도 몰라. 독한 냄새가 나는 입안에선 검은 이파리가 피어나올 것만 같다.

애리가 나를 부른다. 그 소리가 아득히 멀어진다. 눈이 다시 무겁게 닫힌다. 어둡다. 이 어둠이 걷힌 후 고통 없는 세상에서 모두를 만났으면 좋겠다. 빛이 보인다. 빛 아래에서 누가 손짓한다. 엄마다. 나는 약속된 만남처럼 엄마, 하고 소리 내어 부른다. 어디에도 가지 않고 지금까지 저곳에서 엄마는 나를 기다렸나 보다.

이젠 엄마가 있으니 아프지 않아도 되겠다. 엄마와 절대 헤어지지 않기 위해 나는 엄마를 향해 발을 내디딘다. 몸이 가볍게 날아오른다. ✣

손짓하는 빛

춘자

춘자

"춘자야~!"

분명 누군가 내 이름을 불렀다. 졸음이 확 달아났다. 주변을 슬쩍 둘러보면서 두 팔을 위로 올려 기지개를 켠다. 주책없이 하품에 눈물까지 찔끔 나온다. 서늘한 바람이 얼굴에 닿는다. 노란 이파리가 머리 위로 우수수 떨어진다. 은행나무 아래 낡은 의자에 앉았다가 잠깐 졸았다. 평상에선 월척 바다낚시 김과 대박상회 박이 여전히 장기를 두고 있다. 언제 왔는지 철물점 정의 뒷모습도 보인다. 장기를 두는 저 두 사람, 김이나 박이 내 이름을 불렀을 것이다. 그들은 화투나 장기를 둘 때마다 찬스가 오면 춘자야, 하고 외쳤다. 남의 이름 함부로 부르지 말라고 여러 번 싸웠다. 그런데 아직도 불러? 뻔뻔한 것들. 불쑥 화가 치밀지만 새로 온 철물점 정이 보는 앞이라 못 들은 척한다.

그들에게서 시선을 돌려 부두를 바라본다. 비릿하고 축축한 바람이 머리카락처럼 목을 휘감는다. 기분이 울적하다. 장기를 두는 평상 가까이 앉아서 꼬박꼬박 조는 사이 선착장엔 노을이 자욱이 쌓였다. 배에서 내린 사람들이 노을 속에서 걸어 나온다. 그러나 여인숙 쪽으로 길을 건너는 사람은 없다. 붉은 하늘을 빙빙 돌던 갈매기 두어 마리만 여인숙 위로 날아온다. 이젠 갈매기들을 여인숙에 받아들여야 할까 보다. 여름이 끝나면 항만에서 일하는 장기투숙객 몇 사람만 남고 여인숙은 텅텅 빈다.

머리 위에 떨어지는 은행잎을 털면서 의자에서 일어선다. 바스락 소리를 내며 부서지는 은행잎. 오십 하고도 중반을 넘어서자 나이를 의식한 정신이 몸보다 앞장서 늙는 것 같다. 발밑에서 부서진 마른 나뭇잎들 때문인지, 아직도 여름 슬리퍼를 신어서인지 발목이 시리다.

평상을 지나 여인숙을 향하는데, 누가 춘자를 또 부른다. 강약의 리듬까지 탄다.

"춘자아야, 아싸, 춘자, 춘자, 우리 춘자야아!"

머리카락이 빳빳하게 곤두선다. 획 돌아본다. 대박상회 박의 장기 알을 집은 손이, 허공에서 멈춘다. 월척 김도 철물점 정 옆으로 비죽이 나를 내다 본다. 뒤돌아 앉은 철물점 정만 여전히 춘자야, 춘자야 하면서 키득거린다. 판이 좋았던 모양이다.

꽉 주먹을 쥔다. 손톱이 손바닥을 파고든다. 그들 옆으로 다가선다. 월척 낚시 김이 대박상회 박을 향해 새우 눈을 껌뻑인다. 김의 눈짓에도 아랑곳하지 않고 정과 나를 번갈아 보던 박은 때를 만난 듯 신이 났다.

"뭐야, 뭐야 이 친구, 춘자 씨를 왜 불러."

김과 박은 여인숙 바로 옆 낚시가게 주인이다. 친구처럼 허물없는 오래된 이웃이다. 갑자기 이상한 분위기를 느꼈는지 그제야 정이 고개를 들어 뒤돌아본다. 나와 눈이 마주치자 멋쩍게 씩 웃는다. 정을 싹 무시한 채 김과 박을 향해 눈을 아래위로 치뜨면서 이빨을 빠드득 가는 시늉을 한다.

"내 이름 함부로 부르지 말랬지. 그냥 콱⋯⋯!"

만만한 박을 향해 과장되게 주먹을 휘둘러 보이며 등을 돌린다. 다른 사람은 몰라도 철물점 정이 내 이름으로 장난칠 줄은 몰랐다. 분노와 수치심이 휘몰아친다.

사람들은 서로 잘 알면서도 틈만 나면 남의 상처 헤집는 말을 한다. 아프다고 하면 별걸 다 상처받는다면서 웃는다. 대체로 남의 상처에는 관대하다. 하기는 온갖 짓을 다 저지르고도 입을 싹 닦고, 모른 척 살아가는 게 인간이긴

하다.

　여인숙을 쳐다본다.

　아름드리 은행나무가 낡은 2층짜리 여인숙 간판을 가린다. 제왕 여인숙의 '왕' 자와 '숙' 자가 가려져 '제 여인'으로 보인다. 여인숙 건물도 나처럼 빠른 속도로 풍화하는 중이다. 빛바랜 간판이 오늘따라 더 시답잖아 보인다. 역시 내가 너무 늙어버린 것이다.

　저 평상에서 무릎을 부딪치며 까물까물 사라지는 노을을 바라보며 살아온 이야기를 주고받은 정은 나보다 다섯 살이나 아래다. 정은 가끔 누님요, 하면서 지나가는 나를 불러놓고선 멍하니 넋을 놓고 쳐다보기도 했다. 그럴 땐 나도 모르게 몸이 후끈 달아올라 모르는 척 지나친 적도 있었다.

　좋아하는 줄 알았는데 속은 기분이다. 입술을 잘근잘근 씹으며 여인숙 계단을 밟는다. 낡은 나무 계단이 유난히 시끄럽게 삐걱거려 귀에 거슬린다. 카운터 위에 줄무늬 고양이가 게으르게 몸을 일으킨다. 철물점 정의 고양이다.

　"보기 싫어, 나가."

　고양이에게 애꿎게 화풀이하다니, 인간이 참 치사하다. 그래서 더 짜증이 났다. 프런트에 딸린 방문을 연다. 텔레비전에서 나는 소리가 저 혼자 방안에서 윙윙거린다. 나는 텔레비전을 늘 켜놓고 다니는 버릇이 있다. 몸 하나 비비적거리기 딱 알맞은 방안에 일인용 매트리스에 베개, 무릎 덮개용 갈색 담요가 구석에 개켜져 있다. 작은 테이블엔 전화기와 휴대폰 충전기, 사각 쟁반에 컵 세 개, 믹서용 커피 박스가 있다. 검은 표지의 숙박 장부 위 벽걸이 달력이 10월을 가리킨다. 10월 들어 하루에 한두 건도 기록되지 않았다.

타월과 화장지 케이스가 담긴 선반 밑의 윈도어 냉장고에서 물병을 꺼낸다. 텔레비전에선 중년 남자가 건강식품을 홍보한다. 그 식품을 먹으면 남자에게 좋은데, 뭐라고 말해야 할지 모르겠다며 묘하게 웃는다. 남자의 어색한 표정이 오늘따라 거슬린다. 물병째 벌컥벌컥 물을 마시다 텔레비전을 끈다.

바다 쪽으로 난 보자기만 한 창문으로 늦은 오후의 햇살이 기어들어 온다. 햇살을 밀치고 창밖을 본다. 장기판에 정은 자리를 뜨고 없다. 하필 정이 내 이름으로 장난을 치다니. 분한 마음을 드러내지 못해 속상한 거다.

이름으로 장난치면 나는 바늘 하나 꽂을 자리 없을 정도로 옹졸해진다. 이름과 관련된 기억 속 풍경을 밀어내기 위해 모질게 애를 쓴 적도 있다. 그러나 밀어내면 낼수록 기억은 힘을 얻어 틈만 생기면 나를 덮쳤다.

정이 그 자리에 보이지 않자 소리가 날 정도로 창문을 세게 닫는다. 햇살의 꼬리가 무참히 잘려나간다. 싸늘한 기운이 온몸을 감싼다. 매트리스에 쓰러져 베개를 끌어당겨 얼굴을 묻는다. 오랜만에 아버지 얼굴에 잇달아 엄마 얼굴이 떠오른다.

나는 어릴 때부터 내 이름이 싫었다. 학교에선 선생님들이 질문할 때마다 저 뒤에 키 큰 춘자가 말해볼까, 하고 쉽게 나를 지목했다. 동네 어른들은 장기 두거나 화투 칠 때, 패가 잘 나올 때 흥분해서 불렀다. 잘 못 나올 때도 불렀는데 그땐 욕설을 섞었다. 시발년 춘자 이년 하면서 소리쳤다. 술 마실 땐 몸 파는 여자 대하듯 역겹게 불렀다. 남자아이들은 집 밖에서 춘자야 놀자, 하며 큰 소리로 부르다가 돌멩이를 던지며 달아나곤 했다.

초등학교에 막 들어갔을 때였다. 골목 어귀에서 아빠를 기다렸다. 이름을 바꿔줄 수 있는 사람은 이름을 지은 아빠뿐이다. 아빠를 기다리며 땅바닥에 나뭇가지로 선이나 동그라미를 그리며 시간을 보냈다.

오지 않는 아빠를 기다리다 늦가을 장대비를 쫄딱 맞은 후 몹시 아픈 적도 있었다. 엄마가 지어다 놓은 약봉지가 책상 위에 있었다. 금방 약을 먹었지만 빨리 낫고 싶은 욕심에 봉지 안에 든 알약과 물약을 엄마 몰래 한꺼번에 다 먹었다. 한기를 느끼며 다시 깨어난 것은 엄마의 등에서였다. 포대기 밖으로 삐져나온 다 큰아이의 발을 엄마는 손으로 감싸며 걸었다. 그 손끝의 따스함을 아직도 기억한다.

참치잡이 배를 타고 남태평양을 향해하던 아빠가 드디어 돌아왔다.

어느 날 아빠가 물었다.

"춘자야. 어떤 남자 우리 집에 왔다 갔지?"

"응."

"까만색 옷 입었나?"

"응, 까만색."

"한참 있었나?"

"응. 한참."

아빠는 커다랗고 두툼한 손바닥으로 엄마의 뺨을 때렸다. 엄마는 저만큼 나가떨어져 벽에 머리를 박았다. 엄마의 입술에서 흘러나온 피가 진달래꽃잎처럼 흰 저고리에 무늬를 만들었다. 아빠에게 이름을 바꿔 달라는 말을 입안으로 삼켰다. 뒷걸음쳐서 다락으로 올라가 숨었다. 아빠는 육지에 올 때마다 방문을 걸어 잠그고 엄마를 때렸다. 엄마는 본 적도 없는 까만 옷 입은 남자 이야기를 했다며 오랫동안 나를 다그쳤다. 엄마의 이 말을 들을 때마다 몸이 움츠러들었고 머리가 몽롱해졌다. 정말 까만 옷을 입은 남자가 있었는지, 없었는지 모른다. 기억하지 못한다. 아빠가 말하니 그냥 응, 응, 했던 것 같다.

그럴 때마다 나는 전등도 없는 다락으로 올라갔다. 다락의 차가운 어둠이 차라리 포근했다. 어둠 속에서 사방 좁은 벽을 더듬거리며 조그맣게 두들겼다. 다른 세상으로 통하는 문은 끝내 열리지 않았다.

나무 계단 삐거덕거리는 소리가 들린다. 발소리는 프런트 앞에서 멈춘다. 익숙한 발소리다. 바람이 새어 들어올 리 없는데 방문이 조금 덜컹거린다. 금방이라도 밖에서 손잡이를 잡고 열어젖힐 것 같다. 나는 방안에서 꼼짝하지 않는다. 시간이 느리게 흐른다.

누님요, 하고 낮고 쉰 듯한 목소리, 드디어 정이 나를 부른다. 들리지 않은 척 돌아누워 벽만 바라본다.

"누님, 방문 좀 열어 주이소. 지도 할 말 있심더."

문을 두들긴다. 끝나지 않을 것처럼 손잡이를 잡고 문을 흔드는 정. 불현듯 화를 내는 내 모습이 이상하게 느껴졌다. 정은 내 애인이 아니다. 어떤 고백도 한 적 없다. 그런데 왜 그에게 젊은 연인들처럼 토라진 모습을 보일까? 내 이름 부르지 말라며 소리치면 그만일 텐데. 민망해졌다. 아무일 없었다는 듯 부스스해진 머리카락을 손가락으로 매만지며 방문을 열고 프런트로 나간다.

"누님 미안합니더. 누님 생각하다 지도 모르게 그만. 누님, 정말 미안합니더."

정은 손이라도 덥석 잡을 것처럼 코앞으로 다가선다.

"누님도 아시다시피 지도 참 불쌍한 놈인기라요. 요새 밤잠도 몬 자고……."

정이 말을 잇기도 전에 늙고 지친 나무 계단이 비명을 질러댄다. 하던 말을 입안으로 삼키며 정은 재빨리 자리를 피한다. 검게 탄 남자의 얼굴이 계단 위로 불쑥 올라오더니 다시 아래로 내려간다. 계단 삐그덕 거리는 소리가 요란하다. 다시 남자의 얼굴이 올라오고 그 뒤로 늙은 여자가 모습을 드러낸다. 남자는 들어오지 않으려는 여자의 손목을 잡고 억지로 끌어당긴다. 마지못해 들어오는 여자는 눈을 내리깔면서 무슨 말인가를 자꾸 구시렁거린다.

"어서 오세요."

남자를 향해 인사를 하자 방 있지요, 라는 말도 하지 않고 바로 뒷주머니에서 지갑을 꺼낸다. 남자는 배가 불룩한 지갑에서 빳빳한 만 원짜리 두 장을 꺼낸다. 돈을 받은 나는 남자에게 방 열쇠를 건네준다. 마흔 살은 넘었을까? 여자 두 배는 됨직한 덩치 큰 남자 몸에서 생선 냄새가 난다.

"맨 끝 방으로 가세요."

손목이 잡혀 들어오던 여자가 갑자기 고개를 들고 오만하게 나를 내려다본다. 남자에 의해 방으로 끌려 들어가면서 입술을 비죽 내민다. 남자에게 무슨 말을 했는지 남자가 뒤돌아보며 히죽 웃는다. 나는 이유도 모른 채 마음속으로 늙은 여자를 증오했다. 해파리 주제에.

여자는 이곳 연안부두에서 잘 알려진 늙은 해파리다.

해파리는 어시장에 즐비하게 들어선 회 센터에서 호객행위를 하는 사람, 말하자면 삐끼다. 여자는 해파리 노릇으로 번 쥐뿔도 안 되는 돈을 가지고 뱃사람을 상대로 돈놀이를 한다. 어시장 앞에서 덩치 큰 남자와 드잡이를 하는 것을 심심치 않게 보았다. 오래전에 남편과 아이들을 버리고 해파리로 살아가는 여자. 여자에 대한 남자 스캔들은 소문에 없었다. 여자는 오직 돈에만 집착이 강한 것으로 알려졌다. 그런 해파리가 오늘따라 굽 높은 빨간 하이힐을 신고, 분도 뽀얗게 발랐다.

장기투숙객 방들을 제외하고 늘 손님 맞을 준비를 해둔 복도 끝의 방. 나는 그들이 들어간 복도 끝 방을 오랫동안 뚫어지게 보았다.

언제 나갔는지 정은 사라지고 없다. 무슨 말을 하고 싶었던 것일까? 요새 누님 때문에, 라고 말했던가? 사랑했다는 말도 못 한 채 헤어지는 연인처럼 좀 전 그 상황이 아쉬움으로 남는다.

사람은 떠나고 여인숙 허름한 벽에 벽화처럼 남은 낙서들이 떠오른다.

사랑해, 사랑해. 죽도록 사랑해.

춘자야 보고 잡다. 시팔.

실연의 안타까움을 깡 소주로 비우며 애달픔을 토해내던 사내들. 아무리 가슴 아프게 이별을 털어놓아도 얼마 지나지 않아 모두 떠나고 없다. 모두가 떠난 자리에 나, 춘자만 남는다. 여인숙 허름한 벽의 낙서처럼 남을 것이다.

"연안부두 좋네예. 파도 소리도 들리고예. 비 오면 비 와서 좋고, 바람 불면 바람 불어서 좋네예. 훨훨 나는 갈매기도 보기 좋심더. 풍경도 좋고, 누님 인심도 좋아서 그만 떠돌아 댕기고 여기 주저 앉을람더. 그란데예, 여인숙에 뭐 땜시 이렇게 비싼 브랜드 쓰레빠를 갖다 놓았심니꺼? 싸구려 찰 고무 쓰레빠면 딱일낀데예."

정이 한쪽 슬리퍼를 벗어 상표를 들여다보면서 말한 것이, 지난해 여름이다. 정은 지난해 여름 한 달 가까이 여인숙에 머물다가 비어 있던 아래층 상가를 임대해 철물점을 열었다. '제왕'이라는 여인숙 상호를 철물점에 쓰겠다는데 거절할 이유가 없었다.

제왕이란 상호는 원래 아버지가 지었고 이 건물도 아버지의 유산이다. 남편은 제왕이라는 상호를 좋아했다. 내가 왕이어야 당신이 왕비가 되지. 아버지는 손님이 왕이라는 뜻으로 상호를 지었는데, 남편은 역으로 이해했다.

남편과 결혼을 결정했을 때 생애 처음으로 따뜻한 겨울을 맞이했다.

"얘. 그 남자와 꼭 결혼해야겠니? 혹시 네 아빠가 남겨주신 바닷가 그 여인숙 건물 때문은 아닐까?"

하나뿐인 친구가 남편을 본 다음 믿음이 가지 않는다면서 극구 말렸다. 나는 그때 이 남자를 놓치면 두 번 다시 이런 따뜻한 남자를 만나지 못할 것 같았다. 처음 만날 때부터 그와 함께 있으면 따뜻했다. 사락사락 소리가 나는 실크 이불을 끌어당기며 나는 남편의 팔에 머리를 얹고 사랑한다고 속삭였다. 남편의 입에 셀 수 없이 입술을 갖다 댔다.

그런데 결혼하고 얼마 지나지 않아서였다. 섹스하다가 남편이 사정없이 뺨을 때리는데, 영문을 몰랐다. 뭔 여자가 이렇게 집착이 심해? 갑자기 벌떡 일어나서 머리채를 잡고 방안을 질질 끌고 다녔다. 남편의 억센 손에 의해 내

춘자

몸이 제멋대로 휘둘러졌다. 처음엔 그것이 사랑의 또 다른 표현이라고 생각했다. 아빠가 엄마를 때렸던 것도 그들만의 사랑법이었구나, 라고도 생각했다.

남편의 구타는 갈수록 심해졌다. 아무리 사랑이라 해도 감당하기 어려웠다. 방안에 가둬 놓고 때렸다. 나중엔 나도 울면서 남편의 가슴팍을 팍팍 때렸다. 이년이, 얻다 대고. 더 큰 구타가 돌아왔다. 남들이 알 수 없게 겉으로 드러나지 않는 곳만 골라가며 때렸다. 허벅지와 배와 가슴, 등짝, 엉덩이를 때렸다. 그는 직장을 그만두었고, 제왕 여인숙의 제왕이 되었다. 마음 놓고 도박장을 다녔고, 술을 마셨다. 다른 여자를 집으로 데리고 와서 같이 잔 적도 있었다.

기억 속에 영원히 각인된 검은 옷 입은 남자, 그가 집에 왔다는 이유로 아빠의 폭력에 시달리던 엄마를 다시 떠올렸다.

나는 열두 살에 이미 어른이 되어 있었다.

언제부턴가 아빠는 집에 오지 않았다. 아픈 엄마를 내가 돌보았다. 내겐 하나뿐인 가족이었다. 엄마를 위한 일이라면 어떤 일도 다 할 수 있었다. 그해 겨울 엄마는 꼼짝도 하지 못했다. 엄마의 몸이 너무 뜨거웠고, 눈도 뜨지 못했다. 신음도 이어지다 끊어졌다 했다.

한겨울 깊은 밤 맨발로 수돗가로 뛰어가 얼음같이 찬물을 대야에 받아왔다. 언 손을 비비며 찬물에 적신 수건을 엄마의 이마에 올려놓았지만, 수건은 금방 냉기를 잃었다. 시간 가는 줄 모르고 물수건을 갈았다. 그러나 엄마의 뜨거운 이마는 좀처럼 식을 줄 몰랐다. 날이 훤하게 밝아왔다.

그날 학교에선 6학년 마지막 시험이 있었다. 받아든 시험지 위에 저절로 얼굴이 엎드려졌다. 연필을 떨어뜨리며 잠에 빠졌다. 철썩 소리와 함께 눈앞에 불이 번쩍 일어났다. 또 한 번 철썩 소리가 났고, 뺨과 입술에 격렬한 통증을 느꼈다. 바로 눈앞에서 찰 고무 슬리퍼 한 짝이 흔들렸다. 가까스로 고개를 드는 순간 담임은 다시 슬리퍼로 뺨을 후려쳤고, 나는 터져 나오는 소리를 삼키며 두 팔로 얼굴을 감쌌다. 슬리퍼는 계속 머리 위에서 흔들렸다.

"이게, 선생이 있는데도 잠을 자? 문제도 안 풀고. 담임이 그렇게 우습게 보여?"

코피가 터져 시험지와 윗옷을 빨갛게 물들이자 담임은 슬리퍼로 때리는 것을 멈췄다. 그리고 한쪽 발을 들더니 그 슬리퍼를 발에 꿰어 넣었다. 화장실에 가서 세수하고 혼자 집으로 돌아왔을 때, 엄마는 이부자리 안에 없었다.

옆집 아주머니가 나를 기다리고 있었다. 순간 엄마를 두 번 다시 볼 수 없다는 것을 알았다. 나는 어두운 다락으로 숨어들었다.

처음 여인숙에 들어올 때 정의 얼굴도 몹시 어두웠다. 어둠이 어둠을 알듯이 나는 그도 나 같은 비참한 과거가 있다는 것을 직감했다. 전국을 떠돌아다닌다고 했는데, 혹시 여기서 목숨이라도 끊을까 매일 그를 체크하면서 보살폈다. 내 우려와는 달리 갈수록 정의 표정은 밝아졌다.

한 달 가까이 되자 정은 연안부두에서 자리를 잡겠다고 했다. 고양이를 좋아하는 정은 철물로 고양이 모양의 세움간판을 만들었다. 도도한 아름다움까지 갖춘 고양이 조형물을 보고 상가 사람들은 모두 감탄했다. 손재주가 뛰어난 그는 단조철물 전문가였다.

"동생이 만든 이 간판, 예술이네. 어떻게 쇳덩이를 밀가루 반죽처럼 주무를까?"

나를 바라보는 정의 눈빛이 처연했다.

"누님요. 쇠떵이는 암것도 아니라예. 해머로 디립다 패고 불로 녹이면 안 되는기 없심더. 쇠떵이보다 더 무겁고 단단한 기 사람 맴인기라요."

정은 자신의 가슴을 쾅쾅 두들겼다.

그의 아내는 태어난 지 백일 된 아기를 정의 어머니에게 맡기고 집을 나갔다. 정은 하던 일을 던지고 바로 아내를 찾아 나섰지만 찾지 못했다. 정은 아이를 버린 아내를 기어이 찾아 죽여버리겠다고 생각했다. 아내도 죽이고 자신도 죽겠다며 칼을 품고 다녔다. 10년의 세월이 속절없이 흘렀다.

"하루는 자고 일어난는데예. 일할 때 박은 대못이, 알고 본게 마누라 가심에다 박았더란 말임니더."

밤새 눈이 내려 하얗게 쌓인 날, 슬리퍼를 신은 채 지갑만 달랑 들고 나가선 영영 돌아오지 않은 그의 아내. 이제는 길 가다가 아내를 만나도 모른 척하고 지나칠 것 같다고 했다.

"늙은 모친한테 어린 딸래미 내떤져놓고 여편네 찾는다고 10년을 헤맸심더. 딸내미하고 늙은 모친한테 참말로 몬할 짓 했는기라요. 고향에 가고 자파도 몬갑니더. 그냥 뒈질 때꺼정 해머 하나 들고 돌아 댕길 일밖에 없심더. 여서는 이상하게 주저앉게 댔심더. 암만캐도 바다 때문인 것 같심더. 아니라예, 누님 때문입니더. 아니라예, 요요 땜시 살맛 납니더."

정은 무릎에 올라앉은 고양이의 부드러운 털을 쓰다듬었다. 고양이 요요는 동네 횟집을 돌며 구걸해서 살아가던 떠돌이 늙은 고양이다. 철물이 풍기는 음울하고 차가운 공간에서 그는 고양이로부터 위로를 받았다. 공허와 절망이 가득한 그의 공간에 살아 있어 따뜻한 것은 오직 고양이뿐이다. 나는 아무 말도 하지 않았다. 그가 내일 당장 고양이를 데리고 이곳을 떠나든지 말든지 나와 상관없는 일이었다.

언젠가 떠날 사람인 건 분명했다. 정들지 말자고 마음먹었다. 정이 여인숙 아래 빈 가게에 철물점을 낸 다음 한동안 그를 멀리했다. 대박상회 박과 월척 김이 바둑을 두는 평상에도 정이 철물점을 열고부터 그들 옆에 앉지 않았다. 마음 한편에 정에 대해 일어날 수 있는 기대의 싹을 자르기로 모질게 마음먹었다. 그가 머물렀던 한 달간 그를 걱정하며 보살피던 날이 즐거웠다. 그것뿐이다. 나는 그렇게 살아가야 했고, 살아갈 수밖에 없다.

프런트 시계가 6시를 가리킨다. 가을이 절정으로 치닫는데, 여인숙 복도는 형광등을 켜 놓아도 터널처럼 어둡다. 터널처럼 어둡던 어린 시절 다락방을 생각하자 손끝이 저렸다. 걸핏하면 나타나는 손 저림 증세다.

손바닥을 비비는데 어디선가 싸우는 소리가 들렸다. 투숙객이라면 지금 막 방에 들어간 늙은 해파리와 바다코끼리 같은 사내뿐이다. 장기투숙객들은 밤 10시나 되어야 술에 취해 들어온다. 아무래도 해파리와 바다코끼리가 싸우는 것 같다. 호기심이 일었지만, 관심을 껐다.

한때 나도 싸움을 어지간히 했고, 누구보다도 강한 여자였다. 이십 년 전엔 주변에 숙박업소가 거의 없어 제왕 여인숙이 부두의 제왕이었다. 부두 개발이 진행되면서 해수탕을 겸비한 모텔들이 죽죽 들어서기 시작했다. 바닷가 유일의 제왕 여인숙 2층 건물은 4, 5층 건물들 사이에 허름한 오두막으로 전락했다. 건물 뒤 마지막 남은 공터에 빠리 모텔이 기초공사를 시작할 때였다. 귀에 익은 젊은 여자애들 목소리가 들렸다. 창문으로 목을 길게 빼 소리가 나는 쪽을 더듬었다.

"이게 어디서 알짱거려? 이 계집애야, 뜨거운 맛 볼래?"

"뜨거운 맛? 야 웃기지 마. 사장님은 나랑 살겠다고 약속까지 했거든. 미친년아."

"뭐? 미친년? 그래 나 미쳤다. 한 번만 더 내 앞에서 그딴 짓 하면 죽여버리겠어."

"이 시팔년이 뭐가 무서운지도 모르는 년이. 더럽게 못생긴 게."

노랑머리가 삿대질하며 말을 끝내기도 전 못생긴 갈색 단발이 달려들어 노랑머리의 긴 머리채를 낚아챘다. 키 작은 노랑머리는 악을 쓰며 갈색 머리의 티셔츠를 움켜잡았다. 얇은 티셔츠 한쪽이 죽 찢어졌다. 풍만한 젖가슴이 밖으로 튀어나왔다. 머리채를 잡힌 쪽 짧은 치마 아래 드러난 하얀 허벅지도 탄력이 넘쳤다. 스무 살 남짓 되는 여자애들이 사장을 사이에 두고 악다구니하고 있었다. 구경꾼들은 모두 남자들이었다. 공터 앞의 숯불 갈빗집 나이 든 여자가 나와서 물 한 바가지 획 뿌렸다.

"이년들아, 니들이 궁녀라도 되는 줄 아냐? 임금하고 잠자리에 들었냐? 듣자 듣자 하니 별 해괴한 소리 다 듣겠네. 나 참, 기가 차서. 이 빌어 처먹을 년들아."

머리채를 잡고 잡힌 채 싸우던 젊은 여자들이 주춤했다.

"이 쌍것들, 빨리 안으로 안 들어갈래? 물바가지 진짜로 덮어쓰고 싶냐?"

갈빗집 여자가 한발 앞으로 내디디며 소리를 꽥 질렀다. 그리고 내가 내다보고 있는 건물 창문을 째려보다가 침을 탁 뱉었다. 갈빗집 숯불이 쬐다 얼굴에 퍼부어지는 것 같았다.

모텔에 밀려 투숙객이 줄어들자, 수입도 눈에 띄게 줄어들었다. 도박에 빠져 밖으로만 돌던 남편이 새로운 영업방식을 제시하면서 여인숙에 눌러앉았다. 남편은 숙소에 드는 남자들을 위해 하룻밤 동침할 어린 여자들을 불러들였다. 남편이 먼저 어린 여자들을 차지한 것은 당연한 일이었다. 동네에 추한 소문이 꼬리에 꼬리를 물고 퍼져나갔다. 나는 더럽고 폭력적인 남편의 속박에서 벗어날 방법을 찾지 못했다. 내가 인간으로 산다고 말할 수 없었다. 나는 엄마처럼 자신을 죽이고 있었다.

창을 통해 내다본 풍경에 비굴한 인내는 끝을 내기로 했다. 한발 한발 힘주어 계단을 내려갔다. 남편의 방을 열어젖혔다. 남편은 어린 여자를 무릎에 앉히고 대낮부터 술을 마셨다. 여자애는 아무것도 입지 않았다. 남편도 벌거벗었다.

"당장 나가지 못해!"

불시의 습격에 깜짝 놀란 여자애는 허겁지겁 옷을 찾아 앞만 가린 채 밖으로 뛰쳐나갔다. 숨이 찼다. 심장이 심하게 벌렁거리며 요동쳤다. 남편을 노려보는 내 눈알도 밖으로 튀어나와 굴러다니는 것 같았다.

"이 더러운 잡놈!"

허물처럼 벗어놓은 남편의 바지를 두 발로 짓이겼다. 술상을 발로 차서 엎었다. 골뱅이가, 땅콩이, 사과 조각이, 딸기들이 사방으로 튀었다. 뚜껑이 열린 맥주병이 방바닥에 굴렀다. 맥주병은 오줌처럼 거품을 물면서 술을 쏟아냈다. 빈 병들과 술이 든 병들이 요란한 소리를 내며 굴렀다.

"아니, 이 썩을 년이 어디서 지랄이야."

"썩을 년? 내 집에서 당장 나가. 나가지 않으면 죽여버리 겠어."

소리를 질러대며 발을 구르며 악을 썼다. 남편은 태연했다. 여전히 술잔을 들고 있었다. 한 손으로 이불을 끌어 아랫도리를 덮었다. 벌겋게 충혈된 눈이 비웃음으로 번득였고, 말투가 차분해졌다.

"이년이 죽고 싶어 환장했나. 조용히 말할 때 빨리 치워라. 애도 못 낳는 년이 꼴에 계집이라고 앙탈을 다 부리네."

애도 못 낳는 년이라는 말이 불을 지폈다. 각오한 바였지만 다리가 휘청거렸다.

"누구 때문에 불임이 되었는지, 낱낱이 파헤쳐 보여줄까? 악마 같은 놈아."

광기가 나를 삼켜버렸다. 바로 앞에 놓인 술병을 잡았다. 술잔을 든 채 이죽거리는 남편을 향해 내리쳤다. 술병은 남편 머리 위에서 산산 조각났다.

"악, 이 미친년이 사람 죽이네."

머리를 잡고 고꾸라지며 뒹구는 남편. 피가 사방 벽에 튀었고, 이불 위에 흥건하게 고였다. 피투성이 된 남편은 벌거벗은 채 엉금엉금 기어서 달아났다. 달아나는 뒤통수를 향해 방 안에 있던 술병을 따라가면서 던졌다. 손바닥과 발바닥이 찢어져 나도 피투성이가 되었다.

엄마처럼 되기 싫어서 아니, 살아남기 위해 본능이 택한 행위였다. 나는 지금도 그렇게 생각한다. 남편 머리통을 깨트린 대가로 나는 이 건물 1층을 합의금으로 내놓았다. 2층만 가까스로 건졌다. 남편이 떠난 후 나는 누구의 방해도 받지 않고 조용하고 순수하게 살 수 있었다. 살아 있는 동안 그토록 편안한 삶이 내게 있으리라고는 꿈도 꾸지 않았다.

남편이 떠난 뒤 바다는 연일 흙으로 메워졌다. 창문만 열면 바로 앞에서 출렁대던 바다는 자꾸 멀어져 갔다. 바다가 육지로 변한 자리에 모텔과 해수탕과 대형 음식점과 해양광장까지 완벽한 위락시설을 갖춘 관광위락단지가 형성되었다.

지난해엔 선팅 지로 안을 가린 2층 창문에 '장기 방 우대 월 30만 원'이라고 써 붙였다. 눈물이 손등에 뚝 떨어졌다.

고개를 떨구고 양손으로 턱을 고인 채 눈을 감는다. 옛날 일이다.

복도 끝에서 싸우는 소리는 여전히 들린다. 장기투숙객인 김씨와 이씨와 강씨 중 아무나 좀 일찍 들어오면 좋겠다. 싸우는 소리가 점점 커진다. 뭔가 불안하다. 늙은 해파리와 젊은 바다코끼리가 들어간 복도 끝 방으로 시선이 자꾸 간다. 쓸쓸함이 밀려든다. 유리창에 '장기 방 우대 월 30만 원'을 써 붙일 때처럼 허전하다. 정이 철물점을 연 그해 겨울부터 부쩍 외로움을 타기 시작해서 혼자 심하게 병을 앓았다. 육체가 아닌 정신 어딘가가 심각한 병이 깃든 것 같다.

며칠 전에도 혼자 등대 쪽으로 걸어갔다. 목적이 있는 사람처럼 다리에 힘을 주고 또박또박 걸었다. 차가워진 바람은 어두운 바다 저편으로 흘러갔다. 방파제에 부딪히는 파도 소리에 사람들 말소리가 섞여 있었다. 바람과 어둠 속에서 연인들은 팔짱을 끼고, 더러는 포옹한 채 거닐었다.

방파제 끝에서 바다를 보았다. 검은 물결 위에서 달빛이 뿌옇게 흔들렸다. 바다로 떨어지는 별을 헤아리다가 일어서서 다시 걸었다. 휘파람 소리가 들렸다. 올망졸망한 고깃배들이 다닥다닥 붙어서 내는 소리였다. 유아등이 켜진 배 안에서 늙은 부부가 다정하게 낚싯줄을 정리하고 있었다.

무심코 옆을 돌아보았다. 뜻밖에 하얀 치아를 드러내며 정이 나를 보고 있었다. 유람선 선착장 옆을 나란히 걸었다. 하모니호에서 민소매와 핫팬츠를 입은 러시아 무희들이 나왔다. 인형 같은 러시아 무희들이 우리를 쳐다보다가

선착장 밖으로 사라졌다. 무희들이 사라진 불 꺼진 유람선 옆에 앉았다. 바다에서 불어오는 바람에 정의 머리카락이 나부꼈다.

앞머리가 꽤 길다고 생각하는데 정의 눈이 가까이 다가왔다. 고개를 돌렸다. 목덜미에 젖은 입술의 감촉이 닿았다.

"누님, 길 하나 건넌 것밖에 없는데, 몇천 리 밖인 것 같소."

바닷물이 팽팽하게 솟구치는 느낌이다. 그날 별들이 다 질 때까지 바닷가에서 서로의 몸을 비볐다. 더 이상의 관계는 이루어지지 않았다. 둘 다 쉽게 원할 수 있는 타입이 아니었다.

그렇지만 정의 체취가 아직도 목덜미에, 입술에 뺨에 몸 구석구석에 남아 있는데 춘자야를 부르며 장난스럽게 키득거린 그가 증오스럽다. 어느 쪽이 나에 대한 진짜 정의 모습인지 확신도 안 선다.

여자 나이 오십이면 길바닥에 내 던져도 아무도 주워가지 않는다고 한다. 오십하고도 절반이 넘었지만 나는 그렇게 호락호락하지 않을 것이다. 나는 당신들이 흥분할 때마다 외치는 춘자다. 나는 이제 제왕이 아니면 아무것도 하지 않겠다. 그렇게 생각하자 마음이 후련해졌다.

복도 끝에서 늙은 해파리의 비명이 들린다. 나는 현실로 돌아왔다. 물건이 벽에 부딪는 소리도 난다. 프런트에 앉아 복도 끝에서 울려오는 소리에 집중한다. 바다 안개처럼 불안이 다시 주변을 잠식해 들어온다.

가난한 젊은 뱃사람이 해파리 할머니의 돈을 빌린 후, 쉽게 갚을 수 없게 되자 조용히 이야기하자며 여인숙으로 데리고 왔다. 남자가 할머니를 어르고 달래도 할머니는 내 돈 내놓으라며 남자의 멱살을 잡는다. 남자는 말라비틀어진 가엾은 저 늙은 여자를 공 받듯이 들었다 놓았다 하는 건 아닐까? 또 비명이 터져 나온다. 나는 머리를 갸웃거린다. 방 안 소리가 왜 여기까지 들릴까? 이상한 일이다. 나는 발소리를 죽여 복도 끝, 그들이 들어간 방 앞에서 걸음을 멈춘다.

"으악, 이놈이 사람 죽이네. 사람 살려."

마지막 '살려'는 목소리에 힘이 빠져 골골골 숨넘어가는 소리다. 문을 두들기려다 멈칫한다. 남자의 거친 욕설이 들렸다. 나는 두 손을 맞잡고 방문 앞에서 서성인다. 난감하다. 꼴딱꼴딱 여자의 숨넘어가는 소리도 여전히 들린다. 오르가슴으로 치닫는 신음과는 사뭇 다른 것 같다. 설마 죽이거나 죽는 건 아니겠지. 그렇게 생각하며 돌아서는데, 절박하게 바닥 치는 소리가 난다. 다시 방문 앞에 선다.

춘자

그들이 여인숙에 들어올 때 섹스를 위해서 왔다는 생각은 처음부터 하지 않았다. 돈 문제라고 생각했다. 어떻게 할지 몰라 어물쩍 서 있는데 방 안에선 여전히 사선을 넘나드는 소리가 난다. 모른 척해도 괜찮은 걸까? 이대로 모른 척해서 사고라도 나면 어쩌나?

무심코 위를 쳐다보자 환기창이 눈에 들어온다. 활짝 열려 있다. 어쩐지 방 안의 소리가 너무 잘 들린다 했다. 그런데 저 유리창을 누가 열었을까? 청소할 때도 바다로 향한 창문을 열지 복도 쪽 환기창은 위치가 높아 손대지 않는다. 지금 들여다보고 싶어도 위치가 너무 높다.

방문을 두드려야 되나, 비상키로 문을 열어야 하나. 112나 119에 신고해야 하는 건 아닐까? 무성한 생각으로 머릿속만 복잡해진 채 계단을 내려온다. 다리가 후들거린다.

1층 유리문을 통해 철물점 안을 들여다본다. 안에 있던 정이 얼른 문을 열고 나와 예상 밖으로 반색한다.

"어서 오이소. 누님. 무슨 일 있습니꺼?"

"아까, 동생 평상에서 장기 둘 때 우리 집에 들어오는 손님들 봤지? 이상하지 않았어? 119를 누르려다가 이리로 왔거든."

"119를요? 왜요?"

내 말을 듣고 정이 에이, 하면서 웃어넘긴다.

춘자

"웃을 일이 아니라니까. 한번 가볼래?"

진지한 내 표정을 본 정은 하던 일을 멈추고 여인숙 계단을 오른다. 정작 그 방 앞에 멈춰 서자 그도 얼굴이 어둡다. 일 나겠는데예, 라는 말이 흘러나올 것 같다. 나는 그의 팔을 건드리며 손가락으로 환기창을 가리킨다.

의자보다 좀 더 높은 받침이 필요하다. 주위를 둘러보자 복도 구석에 놓인 파란 플라스틱 물통이 눈에 띈다. 한때 대형 물통으로 인기가 좋았던 내셔널 플라스틱 통이다. 지금은 용도 폐기되어 복도 구석의 쓰레기통이 되었다. 통을 뒤집어엎자 조금 들어 있던 쓰레기들이 지저분하게 흩어진다. 나는 통이 넘어질까 봐 꽉 붙들고, 정이 그 위로 올라간다. 환기창을 들여다보는 정을 올려다본다. 순간 안을 들여다보던 정이 휘청휘청 몸을 가누지 못하고 떨어지듯 바닥으로 내려선다. 정은 내 쪽은 쳐다보지도 않고 프런트 쪽으로 등을 구부려 걷는다. 혹시나 하는 걱정으로 정의 뒤를 따라간다. 정은 구석진 벽을 향해 등을 구부린 채 두 손으로 입을 막는다.

"괜찮은 거야?"

그의 얼굴을 들여다보며 낮은 소리로 묻는다. 고개를 숙인 그의 얼굴은 우는지 웃는지 묘하게 일그러져 있다.

"죽이는 거 아니었어?"

정이 내 손을 잡아 구석으로 끌어당긴 후 귀에 대고 속삭이듯 말한다.

"진짜로 잘 쥑이고 있는데예. 우짜면 저러다가 정말 사고 터질지 모르겠심더."

터지는 웃음을 참으면서 정은 누님도 한번 올라가 보실라요? 손가락으로 환기창을 가리키며 눈빛으로 그렇게 말했다.

은행나무 옆 평상에 요요가 꼬리로 다리를 감은 채 정물처럼 앉았다. 나도 그 옆에 앉는다. 길 건너 선착장이 어둠에 잠긴다. 배에서 내린 사람들이 어둠을 향해 걸어 나온다. 그들의 머리 위로 길게 뱃고동이 울린다.

여인숙에 들었던 두 사람이 계단을 내려온다. 덩치 큰 남자는 작고 늙은 여자의 어깨를 끌어안았다. 남자의 품에 안겨 걸음을 옮기던 여자가 나를 돌아본다. 스트레스를 맘껏 푼 후련한 표정이다. 마지막 남은 노을 한 자락이 그 여자의 머리 위에 걸린다. 빨간 구두 소리가 당당하다. 해파리 여자는 그 순간 사실상 제왕이었다. 그들은 바다로 난 길을 따라 어둠 속으로 걸어갔다.

그들이 사라지고 노을도 사라진 하늘에 별이 하나, 둘 떠오른다. 고양이의 반들반들한 까만 털을 어루만진다. 별이 빛나기 시작한 바다 쪽에서 바람이 불어온다. 바람의 방향이 달라질 때마다 계절이 바뀌었다. 날씨가 추워지면 바닷가 여인숙엔 손님이 끊어지고 부두 노동자들도 줄어든다. 춥고 서글픈 겨울의 시작이다.

은행잎 굴러다니는 소리에 발목이 더 서늘하다. 그러고 보니 아직도 여름용 슬리퍼를 신었다. 실내에 있는 슬리퍼들도 여름용이다. 여인숙에 정이 말한 찰 고무 슬리퍼를 사용한 적은 한 번도 없다. 슬리퍼만큼은 항상 비싼 브랜드를 사다 놓는다. 잃어버려도 아깝지 않다. 이제 겨울용 슬리퍼로 교체해야겠다.

가로등이 하나, 둘 켜지기 시작한다. 여인숙 간판에 들어오는 불빛이 안으로 삭아 있다. 춘자가 제왕이 되기 위해 더 밝은 네온사인을 달아야겠다. 내일은……. ✯

달빛축제

달빛축제

낫자루를 움켜쥔다.

슴베가 흔들린다.

자루를 다시 단단히 말아 쥐고 목을 치켜든다. 턱 아래 울대에 날을 고정한다. 자신의 목숨을 추수할 것처럼 보이는 마르고 초췌한 노인. 마른 침을 꿀꺽 삼킨다. 굵고 깊은 주름이 금 간 거울 속에서 갈라진다. 흰 머리카락 아래 구멍 같은 두 눈만 푸르스름한 빛을 낸다. 거울 속 자신의 눈을 노려보며 손에 힘을 준다. 금방이라도 목이 바닥에 떨어지면서 피가 사방에 튈 것 같다. 그러나 낫은 목의 주름 앞에서 정지된다.

슴베도 되지 못한 인생, 목을 베지 못한 것이 흔들리는 슴베 탓인 것처럼 내뱉는다.

자신의 집에 도착했을 때 잡풀에 덮인 집과 더러운 이부자리와 금 간 거울이 그를 맞이했다. 아내가 떠나 빈집이 된 지 일 년이 넘었다. 그는 귀향할 때의 생각과 달리 집을 에워싼 풀부터 없애기로 했다. 낫을 가지러 간 헛간은 휑하니 비어 있었다. 부엌 아궁이에 걸려 있던 가마솥도 사라지고 없다. 쇠붙이들은 죄다 없어졌다.

집 뒤쪽 쪽마루 밑에서 겨우 녹슨 낫 하나를 발견했다. 낫을 끌어내다가 동바리 기둥 하나를 받친 숫돌이 눈에 띄었다. 얼굴에 들러붙는 거미줄을 걷어내면서 포복 상태로 기어들어 갔다. 삭은 쭉정이처럼 뼈마디가 우두두 소리를 냈다. 숫돌이 빠지자 쪽마루도 바지직 그의 머리 위로 내려앉았다.

한나절 낫을 갈았다. 낫을 갈면서 죽은 아내를 생각했다. 무성한 잡풀처럼 아내의 기억들이 쌓인 집이다. 아들이 떠오르자 분노로 얼굴이 일그러졌다. 다음날부터 그는 폐가가 된 집을 정리하기 시작했다. 거미줄과 먼지를 걷어내고, 집을 에워싼 잡풀을 베어냈다.

낫을 배낭에 거꾸로 꽂아 넣고 한쪽 어깨에 걸친다. 너덜거리는 방문을 열고 밖으로 나선다. 배롱나무 위의 까마귀들이 그를 지켜본다. 그가 이곳에 들어설 때부터 까마귀들은 나무 위에 죽치고 있었다. 가까이 다가가도 날개를 파닥이며 자리를 조금 옮길 뿐 날아가지 않는다. 빈집은 까마귀들 거처였다.

그는 까마귀들이 자신의 살점을 쪼아댈 날을 기다린다고 생각한다. 나무의 밑동을 발로 힘껏 후려 찬다. 소리를 지르며 날아오르는 까마귀들. 남아 있던 배롱나무 붉은 꽃잎들이 머리 위로 떨어진다. 점점이 흩어지는 꽃잎들은 그의 발밑에서 뭉개진다.

호수로 이어진 길을 걷다가 문득 뒤돌아본다. 반쯤 풀에 묻혔던 빈집의 형체가 제대로 보인다. 집주변 빈터도 말끔하다. 깨어진 유리 파편들이 저녁 햇살에 반짝인다. 되돌릴 수 없는 파편들의 빛을 보면서 호숫가 좁은 둑길에 들어선다.

호수는 둘레를 잴 수 없을 만큼 넓다. 그 넓은 호숫가에 풀과 나무들이 풍성하게 자랐다. 그의 고향을 수몰시키고 태어난 아름답기로 이름난 인공호수다. 호수 위를 백로가 날아간다. 무성한 억새 사이를 울긋불긋한 옷차림의 사람들이 거닌다. 사람들은 저녁 해를 등진 채 호수를 향해 연신 셔터를 눌러 댄다.

그들 머리 위로 「달빛 밟기 축제」라고 씌어 있는 플래카드가 펄럭인다. 그는 적의에 가득 찬 시선으로 고향을 먹어치운 호수를 바라본다. 플래카드를 쳐다보다가 땅바닥에 침을 탁 뱉고는 인파 속으로 들어간다. 누군가 어깨를 치면서 지나가도 돌아보지 않는다. 한 걸음 한 걸음 바닥을 누르듯 힘주어 걷는다. 호수의 잔잔한 물결만 묵묵히 그를 따라간다.

축포 터지는 소리에 걸음을 멈춘다. 걷기 대회가 시작된다는 말이 확성기에서 흘러나온다. 술렁이던 사람들이 한쪽으로 몰려간다. 그는 고개를 숙인 채 무리 지어 가는 사람들을 거슬러 걷는다. 커다란 검은 운동화가 성큼성큼 지나간다. 그 사이 LED 불빛을 내는 컬러풀한 작은 운동화들이 종종걸음친다.

빨간 풍선이 부딪칠 듯 눈앞에서 팔랑거린다.

풍선은 그의 시선을 벗어나 상승기류를 타고 높이 날아오른다.

허공에서 빨간 점으로 소실될 풍선을 넋 놓고 본다.

갑자기 들리는 여자아이의 자지러질 것 같은 울음소리에 불에 덴 듯 놀란다. 아이는 사라지는 풍선과 그를 번갈아 보면서 발을 동동 구른다. 그 역시 우는 아이와 높이 날아가는 풍선을 번갈아 본다. 아이에게 해코지하지도 않았는데 그는 지나가는 사람들을 홀끗거린다.

마법처럼 나타난 한 아름 가득 풍선을 안은 여자. 여자는 빨간 풍선을 하나 쏙 뽑아 아이의 손에 쥐여준다. 울음을 뚝 그치는 아이. 그는 재빨리 도망치듯 여자와 아이 옆을 지나친다.

확성기 소리가 들리지 않게 되자 주변을 둘러본다. 그 많던 사람들이 모두 어디로 흘러갔는지 아무도 없다. 그는 그제야 걸음을 멈추고 호수를 들여다본다. 단풍 든 숲이 거꾸로 서서 흔들린다. 바람이 불지 않아도 나뭇잎들이 뚝뚝 떨어진다. 수면이 비늘처럼 잘게 굽이진다. 전단지 안 지명 수배자였던 늙은 얼굴도 물 위에 비친다. 그 얼굴 아래 고향이 일렁인다.

윤무를 하듯 호수 아래에서 불꽃이 원을 그린다. 마을이 수몰되지 않게 해달라고 빌던 탑돌이. 어둠을 밝히던 그때의 등불들이 젖은 채 너울거린다. 풍선을 놓친 아이처럼 등불을 놓친 채 막막하게 서 있는 젊은이. 그의 젊은 얼굴도 물 위에 흔들린다. 아내와 어린 아들이 떠오르자 어머니의 말이 들린다.

"어떤 년이든 살아봐라. 쥐뿔, 대단한 거 없응께. 사는 게 다 거기서 거기다."

명옥이를 떼 놓기 위해 아내와 결혼시키면서 어머니가 한 말이다.

"부부라는 기 얼라 놓고 살다 보면 다 살게 돼 있능기라.

춘자

밸란 년 있는 줄 아나."

그러나 어머니의 말처럼 그렇게 살게 되지 않았다. 그는 아내가 좋아지지 않았다. 밤낮없이 빽빽 울어대는 아들은 더 거추장스러운 존재였다. 결혼 후에도 동네 처녀, 총각들의 모임에 어울렸다. 어머니가 붙잡을수록 도시로 나간 친구들을 만나러 다녔다. 그는 마을이 수몰되자 미련 없이 집을 떠났다.

친구를 따라 서울행 기차에 몸을 싣던 날은 달빛 하나 없는 십일월 그믐밤이었다. 춥고 깜깜했던 밤, 새로운 세상에 대한 열망으로 가슴 설레던 순간은 그에게 두 번 오지 않았다.

노인은 자신의 남루한 모습을 내려다본다.

주름진 얼굴이 호수의 물결에 흔들리는 나뭇잎 같다.

낯이 거꾸로 꽂힌 배낭을 돌아보며 입술을 지그시 깨문다. 호숫가 둑길을 빠져나와 대봉산 자락으로 들어선다. 잡목림이 무성한 가파른 산길이다. 바람이 불지 않아도 속수무책으로 떨어지는 나뭇잎들. 이놈아, 어디로 갔노. 어디로. 아버지의 탄식이 이명처럼 들린다.

마을이 수몰되자 사람들은 전국 각지로 흩어졌다. 깊은 밤 이주보상금을 들고 그가 떠나버리자 그의 가족들은 갈

데가 없었다. 떠나지 못한 사람들은 배롱나무가 있는 호수 위쪽 국유지에 들어와 살았다.

그는 낫이 꽂힌 배낭을 다시 추스른다.

지금 그는 가진 것 하나 없이 추한 목숨만 남았다고 생각한다. 사실, 아버지 부음을 듣고 집으로 돌아왔을 때 이미 빈털터리가 되어 있었다.

마른 나뭇잎이 수북하게 쌓인 산길을 오른다. 사람들의 발길이 닿지 않은 길을 찾아가며 오른다. 삼일 밤낮을 취한 채 보냈던 그때처럼 발길이 휘청거린다. 발밑에서 나뭇잎들이 소리를 낼 때마다 어머니의 푸념이 들린다. 논을 잃고 공사판 일용직 노동자로 전전하던 아버지의 영정도 눈앞에 다가왔다가 멀어진다.

"돈도 없고예. 얼라 하고 같이 팍 죽으뿔라꼬 호수에 매뻔도 더 갔다 아임니꺼."

등을 돌리고 앉은 채 중얼거리던 아내의 젖은 목소리도 들린다. 멀리서 노려볼 뿐 가까이 오지도 않던 고등학교 교복을 입은 아들. 그는 좁고 답답한 집구석이 싫었다. 아버지 장례를 치르는 동안 노상 술에 취해 있었다.

그날들이 어제나 그제 일어난 것처럼 생생한데도 그는 아득한 전생이라고 생각을 밀어버린다.

발의 감각으로 풀을 헤치며 산길을 오른다. 나뭇잎 밟는 소리가 숲을 울린다. 이따금 들리는 새 울음소리에 잠깐 멈춘다. 발을 디딜 때마다 요란하게 울리는 풀벌레들 울음소리. 작살나무 군락을 지나 묘지가 있는 대봉산 깊숙이 들어선다. 구불구불한 좁은 산길, 칡덩굴이 발목을 잡는다. 낫을 꺼내어 덩굴을 쳐내자 풀벌레들이 튀어나온다. 끝없이 구석으로 몰아간 사건들이 풀벌레처럼 튀어나오기 때문일까, 그는 흠칫흠칫 놀란다.

그의 목에 걸린 죄목은 사기, 도주, 횡령, 협박, 폭행 같은 것들이었다. 한 사건 속에서 일어날 수 있는 모든 경우의 수가 다 일어났다.

아내가 죽었다는 소식을 들었을 땐 두 번째 수감되었을 때였다. 따지고 보면 이 모든 게 고향을 잃은 탓이라고 그는 생각했다. 아들에 대한 원망도 컸다. 아들은 제 어미를 양지 공동묘지에 묻었다는 것만 편지로 알려준 뒤 소식을 끊었다. 자초지종 설명도 없었다.

아내가 아프다고 했지만, 죽을 만큼 아픈 줄은 몰랐다. 몰랐던 만큼 아내의 죽음이 준 충격은 컸다. 충격은 아들에 대한 미움으로 바뀌었다. 그는 아내의 죽음을 알린 아들놈의 목을 베고 싶었다. 두 번의 수감생활 가운데 아들은 단 한 번도 면회 오지 않았다. 아들에 대한 증오는 그뿐 아니었다. 제 어미를 죽도록 내팽개친 놈이 아닌가.

아들과의 관계는 오래전에 끝나 있었다.

항구에서 일하던 그는 필요할 때마다 호숫가 배롱나무 집을 찾았고 아들은 아비를 피했다. 고등학교를 졸업한 뒤에는 서로 대면할 일조차 없었다.

"애비는 그렇다 쳐도 지가 에미한테 그라믄 안되제. 천하에 나쁜 노므 새끼."

그는 아들을 향한 부글부글 끓는 증오를 주체하기 어려웠다.

아내가 죽은 지 일 년 만에 그는 출소했다.

출소하던 날은 가을비까지 추적추적 내렸다. 두부를 들고 기다려 주던 아내는 철문밖에 없었다. 빗물로 진창이 된 길을 걷고 또 걸었다. 아내가 없다는 사실이 뼛속 깊이 파고들었다. 갈 곳도 없지만, 세상 어디에도 그를 받아줄 곳 또한 없었다.

그가 아내를 아내처럼 생각하기는 처음이었다.

전과자에 깊은 병이 든 늙은 자신의 현재를 생각했다. 또 아내에게 무슨 짓을 했던가를 생각했다. 그러고 나니 굳이 살아야 할 이유가 없었다. 그래서 그는 울었다. 쏟아지는 빗속에서 울고 또 울었다. 울음은 뼛속에서부터 넘치듯 흘러나왔다. 하도 많이 울어 빈 껍데기만 남는 것 같았다.

이따금 새 울음소리가 들려온다.

다시 목이 꺽꺽 메어오는지 눈을 부라리며 침을 꿀꺽꿀꺽 삼킨다.

산 중턱에 이르자 눈앞에 나타난 것은 들쭉날쭉 오래된 봉분들이다. 표식도 없고 이정표도 없는 공동묘지. 종일 타다 남은 햇살들이 묘지 위에 자글자글 끓었다.

아들의 편지에 의하면 아내의 무덤은 대봉산 공동묘지 위, 큰 바위 뒤쪽에 있다고 했다. 주위를 둘러본다. 침침한 눈을 한참이나 깜빡거린 뒤 봉분들 너머 큰 바위를 찾았다. 바위 양쪽으로 방풍림이 빼곡히 들어섰다. 눈으로 길을 짚어본다. 아무래도 길을 되짚어 내려가야 할 것 같다. 그는 작살나무 군락지 쪽으로 방향을 바꾼다. 작살나무 군락지로 들어서자 삼지창처럼 생긴 가지들이 사방으로 늘어져 앞을 막는다. 가지들을 손으로 헤치자 진주알 같은 구슬 떨기들이 굴러떨어진다. 손바닥에 보라색 물이 들고 달큰한 향기가 피어오른다.

그는 작살나무 군락지 한가운데 우뚝 멈추어 선다.

웃는 듯 우는 듯 얼굴이 일그러진다. 작살 열매 향기에 명옥이 떠올랐기 때문이다. 어쩌면 호수를 보는 순간부터 명옥을 생각했는지 모른다.

명옥이네가 마을에 흘러들어온 것은 그가 시내에 있는

고등학교에 다닐 때였다. 마을 입구에 구멍가게를 차리고 뽀얗게 화장을 한 명옥 엄마를 그는 지금도 기억한다. 어머니와 마을 여자들이 명옥 엄마를 두고 수군거렸다. 산판을 하는 뒷마을 남자의 첩이라면서 상대도 하지 않았다.

그는 명옥이 좋았다. 말꼬리처럼 찰랑거리는 긴 머리카락을 틈만 나면 잡아당긴 후 달아나곤 했다. 여동생이 없는 그는 오빠, 오빠 하면서 자신을 따르던 명옥의 목소리에 가슴이 떨렸다. 날이 갈수록 그와 명옥은 사람들의 눈을 피해 둘만의 장소에서 만났다.

동네에 소문이 파다했지만, 그들만 몰랐다. 어데 가시나가 없어 첩년의 딸과 연애질이고. 화가 난 그의 어머니는 그가 고등학교를 졸업하자 서둘러 뒷마을 처녀와 결혼시켰다. 결혼식이 있기 전날, 마을 뒷산 작살나무 숲에서 명옥은 등을 구부린 채 무릎 사이에 얼굴을 묻고 소리 죽여 울었다. 달빛에 하얗게 드러나던 명옥의 목덜미. 그는 항구를 떠돌면서 하얀 목덜미가 떠오를 때마다 술을 진창 퍼마시고 바다를 향해 미친 듯이 소리 질렀다.

결혼하고 아들을 낳았어도 명옥이 마을을 떠날 때까지 그들은 몰래몰래 만났다.

작살나무 군락지 한가운데 선다. 명옥과 마지막 만난 곳도 동네 뒷산 작살나무 군락지였다.

달빛 때문에 몽롱했던 숲.

작살나무 덤불 옆에 풀포기처럼 앉아 있던 명옥.

그는 습관대로 스웨터를 벗기고 한 손을 블라우스 속으로 밀어 넣어 뭉클하고 부드러운 것을 손바닥 안에 넣었다. 명옥은 아무런 반응도 하지 않았다. 보라색 열매만 똑똑 따서 바닥으로 던졌다. 그가 잘린 나무처럼 명옥 위로 쓰러지자 덤불이 뭉개지면서 짙은 꽃향기가 피어올랐다. 노랑 할미새 울음소리가 간간이 들렸다. 아니 휘파람새 소리였던가. 명옥의 흐느낌이었던가.

"내일 이사 해."

"어디로?"

"인천, 서쪽 바닷가."

그는 명옥을 옆에 두고 오랫동안 덤불 위에 누워 달을 쳐다보았다.

마을이 수몰되기 전, 명옥은 그렇게 떠나갔다. 그는 열릴 줄 모르는 구멍가게 뒤편 쪽문을 바라보며 잘 있나? 하고 안부를 묻곤 했다. 그가 인천을 찾아 항구에서 일하게 된 것도 명옥을 만나고 싶은 열망 때문인지도 모른다.

아내는 늘 의심의 눈초리로 바라보았다. 그런데 그는 정말 명옥의 행방을 몰랐다. 인천 바닷가를 수없이 헤매고 다녀도 명옥을 만나지 못했다. 명옥을 사랑했던 그는 아내에게 미안하다, 사랑한다, 그런 말을 한 적이 없다. 아내가 죽었다는 소식을 듣고부터 그는 심한 죄책감에 시달렸다.

큰 바위 뒤쪽 무덤을 향해 오른다.

아이가 놓친 빨간 풍선을 찾듯 그는 하늘을 쳐다본다. 풍선을 놓친 여자아이의 울음소리가 바람 소리에 섞여 들리는 것 같다. 아이의 울음 같은 소리가 자신의 목구멍에서 자꾸 새어 나오려는 것을 그는 꾹꾹 누른다.

공동묘지 맨 위쪽에서 차례로 하나씩 묘석을 더듬다가 아내의 무덤을 발견한다. 손바닥만 한 묘석의 앞면에, 아내의 이름 석 자, 뒷면에 그와 아들의 이름이 한 줄씩 음각된 것을 본다. 묘석에 적힌 아내의 이름이 낯설다. 자신의 이름과 맞닥뜨리니 더 이상한 기분이다. 그 기분도 잠시 그는 배낭을 던지고 엎어지듯 무덤 앞에 주저앉는다. 묘석을 끌어안는다. 흙먼지가 덮인 묘석을 두 손으로 쓰다듬고 또 쓰다듬는다.

눈물이 주르르 흘러내린다. 그의 입에서 울음소리가 새어 나온다. 소리는 점점 커진다. 풍선을 놓친 아이처럼 크게 소리 내어 운다. 무덤 앞에 자란 풀들을 쥐어뜯으며 운다. 땅바닥을 치며 더 큰 소리로 운다. 아내 가슴에 쾅쾅 대못을 박았듯이 자신의 가슴에 쾅쾅 못을 박으며 운다.

아내의 이름을 부른다. 정순아, 정순아, 석이 에미야, 여보!

이름을 부르다 보니 서러움이 점점 더 사무친다. 내장이 다 쏟아져 나올 것처럼, 눈물이 쏟아져 나온다. 그의 울음소리가 공동묘지 뒷산에 부딪혀 메아리 되어 돌아온다. 자신의 울음을 메아리로 듣자 그는 산 넘고 물 건너 바다 건너온 느낌이 들었다. 속이 다 비워지고 빈 껍데기만 가볍게 남은 것을 느낀다. 삶을 건너갈 준비가 되었다고 생각하자 그는 울음을 그친다.

먼저 해야 할 일이 있다. 아내의 무덤을 벌초하는 일이다.

낫을 들고 몸을 낮춰 무릎을 꿇고 속죄하듯 한 주먹 한 주먹 풀을 벤다. 슴베를 두른 쇠고리가 자꾸 헐거워진다. 낫자루 깊숙이 박혀 있어야 할 슴베다. 흔들리는 슴베를 고칠 도구가 없다. 손등이 따끔해 정신을 차려보니 낫을 쥔 손 위를 풀벌레가 기어간다. 어느새 눈물도 거두어졌고 봉분도 그의 손길에 의해 말끔해졌다.

갈퀴가 없어 손가락으로 봉분을 다듬는다. 제 어미 무덤을 만들어 놓은 아들에게 분노했던 게 부끄럽다. 벤 풀을 모아 멀찌감치 던진다. 그제야 그는 무덤 앞 풍경에 시선을 돌린다. 시야가 탁 트여 아랫마을이 한눈에 보인다.

호수 뒤편 오래된 마을이다. 들판은 추수가 막 끝나 있었다. 볏단이 군데군데 쌓였다. 하얀 생 볏짚 곤포 사일리지도 여기저기 굴러 있다. 한 무리 철새들이 날아왔다 날아간다.

그도 돈이 아쉬울 때마다 철새처럼 아내를 찾았다.

"뭐, 돈이 없다꼬? 수술비 있던 것도 그 노마가 갖고 나가 당신 수술 몬하게 됐다꼬? 아 새끼 교육을 그 따구로 시키나. 내 이노므 자석 잡히기만 해 봐라. 모가지를 비트러 뿔끼다."

아들이 스무 살 되기 전 일이다. 성인이 된 아들의 모습은 본 기억이 별로 없다. 서로 마주치지 않으려 했던 것 같다. 아내는 담담하게 말했다.

"지도 그라고 시퍼 그라겠소. 귀신이 씐 기라."

"지랄엠병하고 자빠졌네. 짜드라, 니가 그캉께 아 새끼가 맨 날 그 모양이제."

"당신이 우에 할 말 있능교? 내사 아파 죽어도 봐 줄 남편도 없는 년 아잉교. 남편 복 없는 년이 무신 자식 복이 있을라꼬."

그는 말끔해진 봉분 앞에 무릎을 꿇는다. 아내가 죽은 지 일 년이 지나도록 아내의 죽음도 알지 못했다. 면회 오지 않는 것만 분해서 견딜 수 없어 했다. 사실 아내 말대로 남편이라고 말할 주제도 되지 못한다.

그가 처음 수감되었을 때 아내는 수시로 면회 왔고, 차입도 넣어 주었다. 철창을 사이에 두고 아비와 인연을 끊어버린 아들의 소식도 전했다. 돈을 주고 갔다든가, 여자도데리고 왔다든가 하는 그런 말을 전했다. 아들이 남쪽 어느 섬에서 멸치잡이 배를 탄다는 말도 했다.

"갸가 당신 닮은 거 모르능교. 갸도 지 아부지처럼 바다로 나갔심더."

몸을 일으킨다. 눈물로 얼룩진 얼굴을 손바닥으로 문지른다. 그에게 아내는 당연히 그 자리에 있어야 하는 가구같은 존재였다. 게다가 식당일을 하든 식모살이를 하든 아내는 그를 위해 돈도 벌어야 했다.

"여보, 석이 엄마, 정순아!"

아내를 부르다가 배낭을 뒤져 술을 꺼낸다. 수건을 깔고종이컵에 술을 따른다. 살았을 때 단 한 번도 아내와 술잔을 기울인 적 없다. '북망이 멀다더니 문턱 너머 북망일세.' 타인의 상엿소리가 이제 자신의 귀에 들린다. 그와 아내, 삶과 죽음이, 오늘과 어제가 종이컵 술잔을 앞에 두고마주한다.

그는 아내의 무덤 둘레에 술을 뿌린다. 무덤을 한 바퀴도는데 풀이 무성하게 웃자란 다른 봉분들이 눈에 띈다.누구도 돌보지 않아 평지처럼 내려앉은 무덤도 있다.

그는 이승에서 자신의 마지막 일이 남아 있음을 깨닫는다.

낫을 들고 아내의 무덤 아래쪽 오래 묵은 무덤부터 풀을 베기 시작한다.

낫 날 끝에 하얀 꽃이 목을 내민다. 봉분 위에 소복이 핀 망초 꽃 크기의 묘화다. 그는 꽃을 둔 채 조심스럽게 주변의 풀만 벤다. 한참 만에 묘지를 가리키는 비석이 얼굴을 내민다. 그는 비석에 새겨진 글자를 본다. 비바람에 닳아 읽을 수가 없다. 마모된 글자. 그러나 누군가의 기억 속에는 살아 있을 것이다. 무덤에 올 수 없는 이유도 있을 것이다.

숲에서 불어온 바람이 묘지 위를 지나간다. 봉분 위에 핀 하얀 꽃이 하늘거린다. 죽은 이의 영혼이 창밖을 내다보며 손을 흔드는 것 같다.

그는 손길이 닿지 않은 오래된 봉분들 차례로 풀을 벤다. 땀이 비 오듯 한다. 얼마나 시간이 흘렀을까. 낫 날이 무뎌져 풀이 제대로 잘리지 않았다. 잘라낸 잡풀들을 한쪽으로 모아놓고 아내의 무덤 앞으로 돌아온다. 죽어서 차지한 한 평 땅 위로 붉은 저녁 햇살이 내려앉는다. 까마귀가 나무 위에서 운다.

그는 배낭에서 숫돌을 꺼내 물을 붓는다. 숫돌에 물이 촉

촉하게 스며들자 흔들리는 슴베를 잡고 낫을 간다. 낫 갈
리는 소리에 숲이 숨을 죽인다. 사실 그는 오늘 밤 이곳에
서 자신의 목숨을 풀처럼 베어버리고 아내 옆에 누울 생각
으로 왔다. 그래서 가져온 숫돌이다.

숫돌에 낫 갈리는 소리뿐 적막한 묘지엔 사람의 기척 하
나 없다.

낫을 갈다가 고개를 들어 낫 날을 햇살에 비춘다. 문득
누군가 보고 있는 느낌이 들어 묘지를 둘러보다가 깜짝 놀
란다. 무덤 사이에 여자가 있다. 젊은 여자다. 여자는 우두
커니 서서 그를 보고 있다.

여자는 한참 전부터 그를 보고 있었던 것 같다. 여자는
그를 향해 다가오면서도 비석을 들여다본다. 무덤 한 기를
사이에 두고 걸음을 멈춘다. 모자 아래 얼굴이 가을볕에
익어 빨갛다. 불룩한 배 위에 두 손을 얌전히 올려놓았다.
여자의 시선은 금방 풀을 벤 무덤의 비석에 가 있다.

못 본 척 낫을 다시 갈기 시작하는데, 여자가 쭈뼛거리며
말을 붙인다.

"죄송합니다. 혹시 여기가 양지 공동묘지 맞나요?"

"맞다."

그는 숫돌 위에서 시선을 떼지 않은 채 짧게 대답한다.

"무덤이 이렇게 많지 않았던 것 같은데……."

여자가 무슨 말을 하려는지 그는 짐작하지 못한다. 관심도 없다. 여자를 무시한 채 숫돌 위에서 손을 떼지 않는다.

"엄마 무덤이 안 보이는데……. 여기가 아닌 것 같기도 하고……."

낫 가는 손을 멈추지 않고 여자를 쳐다본다. 낫 가는 소리가 스윽 슥 날 때마다 여자의 몸이 움찔움찔한다.

"뭐라카노?"

"저, 엄마 무덤을 찾지 못해서……."

"뭐라? 우째, 에미 무덤을 몬찾노?"

뜻밖에 목소리가 컸다. 여자가 깜짝 놀라 서너 걸음 뒷걸음친다. 낙담하듯 축 처진 어깨로 등을 돌리려다 다시 돌아서는 여자. 능선에 반쯤 걸린 지는 해. 여자는 그 해를 가리고 섰다. 여자의 그림자가 숫돌 가까이 이른다.

"십 년 전에 왔는데. 그때 너무 어려서 기억이 안 나요. 그래도 오면 찾을 줄 알았는데."

금방이라도 울음을 터뜨릴 듯 양 뺨이 복어처럼 볼록하게 부풀어 오르는 것 같다.

"몬 차즈문 빨리 돌아가래이. 해 떨어지문 그 몸으로 못 내려간데이."

여자는 자신의 부른 배를 내려다보다 다급하게 묻는다.

"혹시 이 근방에 다른 공동묘지는 없나요?"

"저 위에 있긴 한데."

낫을 들어 소나무 숲 사이를 가리킨다. 여자의 시선이 낫 날을 따라가다가 환해진다.

"아, 맞아요. 저쪽인 것 같아요. 감사합니다. 할아버지."

나무 위 까마귀가 푸드덕 소리를 내며 날아오른다. 여자 는 그에게 고개를 숙인 후 묘지 전체를 향해서도 고개를 숙인다. 주무시는데 시끄럽게 해서 죄송합니다. 온몸으로 그렇게 말하는 것 같다.

그 모습에 그는 가슴이 뭉클해진다. 낫을 든 손이 가늘게 떨린다. 칠십 년을 살았어도 인사할 줄 모르는 인간이다. 아내 무덤을 찾는다고 무덤 사이를 함부로 돌아다니며 비 석을 뒤적거렸다. 그는 자신의 무례함을 새삼 깨닫는다. 그는 자신이 모든 걸 너무 늦게 깨닫는다고 생각한다.

여자가 나무 사이를 빠져나가자 붉은 노을이 따라간다. 여자의 뒷모습이 어디서 본 듯하다. 그러고 보니 얼굴도 어디선가 본 듯하다. 젊은 여자란 다 어딘가 닮아 보인다. 아니 늙은 사람들이 다 닮아있다. 아무리 그렇게 생각해도 모르는 사람이다.

여자가 멀어지면서 마른 잡풀들 무너지는 소리와 다시 일어나는 소리도 멀어진다. 노을을 지우며 묘지 위로 다가 오는 구름그림자가 어둑해진다. 소나무 숲 사이에서 불어오는 저녁 바람도 점점 싸늘해진다. 까마귀가 앉았던 가지가 바람에 흔들리며 음산한 소리를 낸다. 사위가 푸르스름하다.

잘 살려고 발버둥 칠수록 꼬여만 갔던 일들, 그러고 싶지 않았지만 일이 잘못될 때마다 아내와 아들을 괴롭혔던 순간들. 어긋나게 살았던 그 숱한 시간이 한꺼번에 밀려든다. 낫을 든 그는 아내의 무덤 위에서 하얀 꽃 대신에 아내의 퀭한 눈동자를 본다.

잘 벼린 낫을 내려놓고 아내의 무덤 앞에 무릎을 꿇는다. 초록 저고리와 다홍치마에 칠보 족두리를 한 열여덟 살의 아내가 이 안에 누워 있다. 아내와의 첫날밤에도 명옥이 생각에 몸이 달았던 어린 신랑은 무덤 밖에 있다.

노을이 사라진 산등성이 위로 별들이 하나둘 떠오르고, 아득히 먼 곳에서 사람들의 발걸음 소리가 바람을 타고 들려온다. 호숫가에서 보았던 축제의 무리일까? 「달빛 밟기 축제」라고 했던가?

"석이 아부지요. 시월제 한다카던데, 온 김에 고향 보러 안갈랑교?"

돈이 떨어져 아내를 찾았을 때였다.

"고향 이자뿐인지가 언젠데, 무신 고향을 본다카노. 그란데 시월에 뭐 한다꼬?"

"시월에 한다꼬 시월제가 아이시더. 시간을 건너뛴다 카던데예. 어려분 말이라 난 몰라예. 그냥 탑돌이맨키로 등불 들고 호수를 한 바퀴 도는 기라예. 저 호수 바닥에 있는 고향을 불러낸다 아입니꺼. 그 다음에는예. 대봉산에 올라 보름달에 소원도 빌어예."

"뭐라꼬? 호수에 처박힌 집을 불러 낸다꼬? 뭐 달에다가 소원 빈다꼬? 무신 헛소리고. 미칭 것들, 이노무 촌구석 내 이래서 진절머리 난다카이. 인천 가야댕께. 돈이나 빨리 내노키나 해라."

아내에게 들은 그 시월제가 시월에 등불을 들고 호수를 돈다는 저 「달빛 밟기 축제」와 같은 건지도 모르겠다. 그런데 왜 아내는 달빛축제라 하지 않고 '시월제'라 했을까. 힘든 시간을 건너뛰고 싶은 간절함 때문이었을까. 아내한테서 무심히 들었던 시간을 건너뛴다는 시월제가 가슴에 깊게 들이박힌다. 하늘을 올려다본다. 푸르스름해진 하늘이 더 짙어졌다.

낫을 내려놓고 숫돌과 물병 같은 것들을 배낭에 담는다. 그냥 두면 아내 무덤 앞의 쓰레기다. 깨끗한 수건을 깔고 그 위에 낫을 둔다. 미룰 수 없다. 가야 할 시간이 다가온다.

나도 따라가리다. 날 받아주소. 여보.

무릎을 꿇는다. 크게 심호흡한다. 낫을 든다. 파랗게 날이 서 있다. 숨을 죽이고 신경을 낫을 든 손에 집중한다. 거친 숨소리가 귀에 들린다. 입안이 바싹 말라 침을 삼킬 수 없다. 도망칠 곳은 없다. 자루를 잡은 손바닥에 압력을 가한다. 손가락 끝에 경련이 일어난다. 단번에 끝내기 위해서 요 며칠 틈만 나면 연습했다. 이깟 목숨 살아서 쓸모가 없다. 다시 한번 손바닥에 힘을 실어 낫의 자루를 꽉 잡는다. 날이 턱을 겨냥하도록 방향을 돌려 정확하게 목의 울대에 갖다 댄다. 떨림이 온몸을 관통한다. 눈을 감는다. 숨을 멈춘다. 팔꿈치를 치켜든다. 합! 하고 기합을 넣으려던 순간이다.

가늘고 날카로운 소리가 귀에 꽂힌다. 작살나무를 후려치는 겨울바람 소리 같다. 덫에 걸린 들짐승의 울음소리 같기도 하다. 문득 좀 전에 만났던 배가 부른 여자가 떠오른다. 이번엔 날카로운 비명이 좀 더 선명하게 들린다. 참았던 숨이 터져 나오며 자세가 흐트러진다. 그는 낫을 든 채 여자가 걸어 들어간 검은 숲을 지그시 노려본다. 마지막 순간까지 꼬이는 자신의 인생에 대해 한숨을 내쉰다.

무슨 생각이 떠올랐는지 그는 수건에 낫을 감고 벌떡 일어선다. 희끄무레한 나무들을 잡고 여자가 간 쪽으로 빠르게 걸음을 옮긴다. 숲은 무섭도록 어둡다. 소나무 숲을 벗어나자 누가 발목을 잡아채기라도 하듯 다급하게 멈춘다.

바로 앞에 떨어져 있는 것은 여자의 손가방이다. 앓는 소리가 더 가까이 들린다. 희끄무레한 물체가 꿈틀거리는 것을 그는 발견한다. 두셋 무덤들을 건너뛰며 가까이 다가서자 허물어진 무덤 위에 여자가 동그랗게 몸을 말고 있다. 어떻게 해야 좋을지 몰라 그는 멍하니 섰다. 이렇게 당황하기는 산전수전 다 겪은 그도 생전 처음이다. 불현듯 여자의 손가방을 뒤진다. 있다. 그는 안도의 한숨을 내쉰다. 그가 찾은 것은 여자의 휴대폰이다. 119를 누른다.

"119제. 만삭의 여자가 몸 풀라칸다. 어디냐꼬? 대봉산 공동묘지 소나무 숲 쪽이다. 뭐라카노? 장난치지 말라꼬. 이런 옘병할…… 빌어 처묵을……."

전화는 이미 끊어졌다. 다시 119를 누른다. 손가락이 빨리 눌러지지 않는다. 통화음이 끝나고 사람의 말소리가 들린다. 그는 얼른 엎드려 신음하고 있는 여자에게 휴대폰을 갖다 댄다. 여자는 휴대폰을 잡지 못한다. 휴대폰에서 '여보세요'라고 말이 흘러나온다. 여자가 고통에 찬 소리를 쏟아낸다. 다시 휴대폰을 든다.

"지지바 우는 소리 들었제, 대봉산에 있는 지 어매 무덤에 왔다가 산통이 시작한기라. 내는 누구냐꼬? 벌초하다가 봤다카이."

소리를 빽 지른다. 그쪽에서도 장난 전화가 아님을 파악

했는지 기다리라고, 빨리 구급대를 보내겠다며 서둘러 전화를 끊는다. 여자는 가쁜 숨을 뱉어 내더니 벌떡 일어난다. 두 손으로 머리카락을 쥐어뜯다가 비명을 지른다.

"119 올 때 꺼정만 참거래이."

여자가 무덤 위의 마른 풀을 쥐어뜯으며 몸을 뒤튼다. 그는 천천히 한 걸음 뒤로 물러선다. 그는 지금 달아나려 한다. 아내를 불러 뒤처리를 맡기고 싶다. 또 한 걸음 뒤로 주춤 물러선다. 여자의 지독한 통증 앞에서 정말 죽고 싶고 죽어야 할 사람은 그다.

문득 그는 천천히 자세를 낮추어 여자에게 다가앉는다. 여자가 푹 꺼지듯 숨을 내쉬며 무덤에 비스듬히 기대앉는다. 진통이 멈춘 모양이다.

"얼라 놓는 날도 몰랐나?"

그의 목소리가 떨린다.

"죄송해요. 할아버지. 예정일이 아직 한 달이나 남았는데……. 아무도 없고……. 갑자기 엄마가 보고 싶어서."

여자는 두 손으로 얼굴을 감싼다. 다시 진통이 시작되는지 얼굴을 덮은 손가락 사이로 신음이 터져 나온다. 갑자기 여자가 벌떡 일어나 앉아 치마 아래쪽을 들여다본다. 비릿한 냄새가 난다. 여자는 비명을 지르며 배를 움켜 쥐고 다시 무덤 위로 쓰러진다.

그는 고통에 시달리는 여자에게 손을 뻗지도, 거두지도 못하고 있다. 빨간 풍선이 깜깜한 하늘로 올라간다. 아이가 발을 구르며 운다. 풍선을 한 아름 안은 여자가 다른 풍선을 쥐여준다. 풍선을 쥐여주는 넉넉한 여자의 손이 떠오른다. 손, 손은 그에게도 있다.

어느새 그의 손에 낫이 들려 있다.

차가운 바람이 숲에서 불어오자 호랑지빠귀가 우우하고 귀신 소리 같은 울음소리를 낸다.

입을 벌리고 숨을 몰아쉬던 여자가 벌떡 일어난다. 필사적으로 그의 팔을 잡는다. 손톱이 살을 파고든다. 온몸이 갈가리 찢기는 것 같이 비명을 지른다. 밤이 여자의 비명을 새카맣게 끌어안는다. 그리고 한순간 여자의 긴 비명이 멈추며 손이 맥없이 풀린다. 여자의 벌린 다리 사이에 희끄무레한 것이 물컹하니 나와 있다.

하얗게 빛나는 아주 작은 생명체다.

이 작은 생명체는 어둠 속에서도 사람을 끌어들이는 힘이 있는 것 같다.

그는 자신의 거친 손을 내려다본다. 이런 손으로 새 생명을 받다니…… 엄청난 두려움 안에 걷잡을 수 없는 설렘으로 몸을 떤다. 그러나 처음부터 알았던 것처럼, 떨림 속에서도 그의 손은 자연스럽게 움직인다. 누군가가 이끄는 듯 배낭에 들었던 깨끗한 수건으로 아기를 감싼 후 여자의 배 위에 올리고 낫을 든다. 라이터를 켜서 불꽃에 낫 날을 갖다 댄다. 그는 낫으로 탯줄을 자른다. 아기는 힘껏 울음을 토해낸다. 수건에 돌돌만 아기를 여자의 팔에 안겨준다. 아기를 안은 여자는 숨죽여 운다. 허물어진 무덤이 벽이 되어 바람을 막는다. 그는 점퍼를 벗어 여자와 아기의 몸을 감싼다.

어느새 산등성이에 하얗게 달이 걸려 있다. 아기가 있는 곳엔 이미 어둠이 물러났다. 자신도 모르게 흘러내린 눈물에 구급차의 경광등 불빛이 뿌옇게 보인다. 검은 숲 사이로 불빛과 함께 다급한 발걸음 소리가 들린다. 들것을 들고 달려오는 사람들. 손전등 불빛이 점점 가까워진다. 그는 우듬지에 올라 여자의 희고 긴 머플러를 흔든다. 차오른 물기로 젖은 목소리에 온 힘을 얹어 외친다.

"여어다, 여어!"

아기와 산모를 실은 구급차는 떠났다. 그는 불현듯 여자가 몸을 풀었던 무덤의 묘비를 찾는다. 묘비 없는 무덤이다. 어디선가 본 듯했던 젊은 여자의 모습을 다시 떠올린다. 그 여자의 음색이 귀에 익숙했던 것을 기억해낸다. 그 위로 명옥의 얼굴이 겹친다. 젊은 여자는 아들 석이 또래로 보였다. 그는 전신을 부르르 떨며 진저리 친다.

아내의 무덤으로 건너가면서 생각한다. 자신에게 시간이 주어진다면 저 무덤의 주인이 누구이든 허물어진 부분을 손질해 주고 싶다고.

그는 무심코 아래를 내려다보다가 몸을 떤다. 눈에 들어온 것은 대봉산 자락 푸르스름한 어둠 속에서 하늘거리는 수천 개의 빨간 풍선이다. 다시 자세히 보니 빨간 풍선이 아니라 불 밝힌 등이다. 불빛이 은하수처럼 강을 이루어 대봉산 자락을 휘감는다.

"저것이 시월제⋯⋯."

달을 향해 천천히 흘러가는 빛의 물결 위로 물속에 잠긴 고향이, 탑돌이 했던 삼층석탑이 떠오른다. 삼층석탑 천년의 시간이 따뜻한 불빛으로 이승의 시간을 밝힌다.

시간을 넘어선 축제가, 그 축제의 불빛이 아내의 무덤 가까이 다가온다.

차가운 바람이 얼굴을 스친다. 그를 향해 한 번도 불어오지 않던, 서럽고 그리운 바람이다. 그는 아내의 무덤 옆에서 달빛에 축축하게 젖어 드는 눈시울을 손등으로 닦는다.

석아, 아들의 이름을 부른다.

달은 그의 머리 위에 높이 떴다. ✤

아나스타시아

아나스타시아

적막한 느낌, 외딴섬 같다.

두 사람의 발소리만 울린다. 복도를 따라 촘촘한 간격으로 닫힌 문들을 지난다.

11층 마지막 1115호 앞이다.

한 뼘 크기 '천주 교우의 집' 스티커를 본다. 스티커는 현관문 위쪽 높은 곳에 붙어있다. 10여 년 전 내가 전해준 스티커다. 스티커를 받아 붙이고도 강신애 아나스타시아는 성당에 나오지 않았다. 물론 기대하지도 않았다. 기대하면 기대할수록 간절하면 간절할수록 그게 무엇이든 이루어지지 않는다는 걸 50여 년 살면서 깨달았다.

목덜미가 서늘하다. 뒤돌아보니 복도 창문이 조금 열렸고 그 사이로 바람이 들어왔다. 창문의 네모난 프레임 안이 온통 푸른 바다가 출렁인다.

8층에 살 때 거실 소파에 앉아 바다를 보았다. 베란다에서 생선을 말렸다. 생선을 본 갈매기 한 마리가 곧 다른 갈매기들을 데리고 왔다. 줄을 서서 순서대로 생선을 쪼아 먹었다. 그 모습이 재미있어서 가끔 갈매기들과 신경전을 벌이며 생선을 말리곤 했다.

섬으로 가는 사장교는 곡예하듯 끝없이 이어질 듯 보였다. 사장교에서 불 켜지는 장면을 목격한다면 행운이다. 주탑에서 비스듬히 드리운 부채모양 케이블에 불이 켜지는 순간 다리 전체가 두 줄기 불빛으로 바다 위 어둠 속을 거침없이 달린다. 레드 제플린의 '천국으로 가는 계단'을 흥얼거리곤 했다.

1층으로 이사 온 다음 사정이 바뀌었다. 종합어시장의 비릿한 생선 냄새 때문에 창문을 꼭꼭 닫아야 했다. 이곳은 같은 아파트라도 동의 위치와 층에 따라 천국과 연옥과 지옥으로 나누어지는 곳이다.

분양할 당시엔 바닷가 별장 분위기의 전망 좋은 아파트였다.

해가 갈수록 바다는 메꾸어졌다. 아파트와 2차선 도로를 사이에 두고 대기업의 저유소가 세워졌다. 다른 대기업의

아나스타시아

컨테이너 부두도 건설되었다. 이곳을 드나들려면 컨테이너를 실은 대형 트레일러들과 유조차 사이를 교묘하게 헤치며 자동차를 몰아야 한다. 운전이 아찔할 때가 일상이다. 헐겁게 얹힌 회색 컨테이너가 금방이라도 자동차 지붕 위로 떨어질 것 같아 핸들을 잡은 손이 하얗게 되곤 한다.

하루에도 여러 번, 지나가는 차들을 정지시키고 석탄을 실은 기차가 기적을 울리며 지나간다. 아파트 담벼락을 끼고 도는 기차가 신기해서 창문으로 머리를 내밀고 손을 흔든 적도 있다.

전망 좋던 아파트는 소음과 분진과 검은 재와 세월이 더께더께 쌓여 값싼 낡은 아파트가 되었다. 10여 년 전 산업단지로 지정되면서 이주가 확정된 듯했다. 3배까지 뛴 아파트값에 주민들은 환호했다. 계산 빠른 사람들은 잽싸게 집을 팔았다. 시장이 바뀌자 이주는 보류되었다. 집값은 가을 나뭇잎처럼 뚝뚝 떨어졌다. 10년이 지난 지금도 이주 시켜달라는 플래카드가 여기저기서 바람에 펄럭인다.

정작 이주한 것은 아파트가 아니라 해양경찰청을 비롯한 공공기관들이었다. 국제 여객터미널마저 이전이 예정되었다.

이곳은 서서히 중국인들의 거리가 되었다. 회센터 앞으로 양고기꼬치 전문점이 즐비하게 들어섰다. 어디에서나

들리는 중국말은 우리말처럼 익숙해졌다.

그래도 나는 이곳을 떠나고 싶은 생각이 없다.

어시장과 양고기꼬치 전문점과 모텔들, 해양레저 낚시센터 앞을 처음 만난 거리처럼 걷기를 좋아한다. 그 길 끝 바닷가에 있는 '상트페테르부르크'라는 이름의 러시아풍 해양광장에서 산책을 멈춘다. 나는 바다로 내려가는 계단에 앉아 여객선과 유람선과 고깃배들을 보며 다른 세상을 꿈꾼다. 밀물 따라 들어오고 썰물 따라 더 넓은 바다로 나가는 꿈. 굳이 VR을 체험하기 위해 머리에 헤드셋 같은 것을 장착하지 않아도 바다는 쉽게 꿈꾸는 세상으로 끌어들였다.

마리아 언니가 팔꿈치로 옆구리를 치는 바람에 정신이 들었다.

1115호 강신애 아나스타시아 집 앞에서 딴생각에 빠졌다.

눈치를 주던 마리아 언니가 벨을 눌렀다. 아무 소리도 나지 않는다. 문에 귀를 댄다. 텅 빈 느낌이다. 나는 마리아 언니 뒤로 물러나 '천주 교우의 집' 스티커를 다시 쳐다본다. 현관문 꼭대기에 부착된 스티커가 강신애 아나스타시아처럼 나를 내려다본다.

새해 달력과 스티커를 들고 성당에 나오지 않는 냉담자들을 방문할 때였다. 1115호 벨을 눌렀을 때 불쑥 문이 열리면서 아나스타시아가 얼굴을 내밀었다. 모델처럼 키가 큰 그녀를 올려다보며 살짝 웃었다. 그녀는 인사 대신 나의 아래위를 스캔하듯 쓱 훑었다. 입술을 삐죽하더니 들고 있던 스티커를 빼앗듯 낚아챘다. 팔을 들어 현관문 꼭대기에 붙였다. 뒤도 돌아보지 않고 탁 소리 나게 문을 닫았다. 나이도 비슷한데 키 작은 나를 멸시하는 것 같아 입술을 잘근 씹었다.

그 후 이 집에 다시 오지 않았다. 마리아 언니가 사정사정하지 않았다면 오늘도 절대 오지 않았을 것이다.

"왜 아무 소리도 안 나는 거야?"

기척이 없자 마리아 언니는 벨을 연거푸 두세 번 누른다. 여전히 아무런 응답이 없다. 마리아 언니가 안절부절못한다.

"안나 할머니 불러야 할까 봐. 집주인이니까 비상키 있잖아요. 언니."

안나 할머니? 라고, 중얼거리면서 마리아 언니는 손잡이를 잡고 좌우로 돌린다. 덜컥덜컥 소리가 나면서 문이 확 열린다.

"헉, 문이 열려 있었네."

소스라치게 놀란 나머지 마리아 언니는 손잡이를 놓았다. 문은 스르르 닫혔다. 손잡이는 돌렸지만, 열릴 거라곤 예상하지 못했다. 현관문 안전고리도 걸려 있지 않았다. 문을 꼭꼭 잠그고 누구에게도 문을 열어주지 않는 아나스타시아다. 일어나지 말아야 할 일이 일어난 것처럼 섬뜩하다.

마리아 언니는 다시 조심스럽게 문을 앞으로 당긴다. 문 안으로 얼굴을 빼꼼히 들이밀며 자매님, 자매님, 하고 부른다. 탁한 공기가 마리아 언니의 몸을 비켜 밖으로 흘러나온다. 나에게 따라 들어오라고 눈짓하며 안으로 발을 들여놓는 마리아 언니. 마지못해 나도 뒤따라 들어간다. 어두침침한 실내. 베란다 쪽 유리창을 가린 검은색 커튼. 몇 발자국 먼저 들어간 마리아 언니가 데레사! 낮은 소리로 부르짖듯 나를 부른다. 재빨리 마리아 언니 뒤로 다가선다.

어깨너머로 보이는 바닥에 깔린 검은 물체. 뼈만 남은 가느다란 다리, 한쪽 다리에만 허물처럼 감긴 여름 이불 한 자락. 얼굴을 반쯤 덮은 헝클어진 긴 머리카락. 낯설지만 강신애 아나스타시아다.

나도 모르게 고개를 돌린다. 악취가 났다. 두 손으로 코와 입을 막으며 주변을 눈으로 훑었다. 변변한 가구 하나 없는 사방 빈 벽. 얼기설기 쳐진 거미줄로 조여드는 분위기다. 구석에 놓인 생활용품 상자에선 검은 옷자락이 먹물처럼 나와 있다. 등을 후려치듯 스치는 찬바람. 움직일 때마다 풀썩풀썩 날아오르는 먼지.

현관문 쪽으로 뒷걸음질 친다. 마리아 언니도 뒷걸음질 친다. 구두 뒤축을 꺾은 채 재빨리 밖으로 나왔다. 문이 닫히자 참았던 숨이 터져 나온다. 복도 창밖을 향해 크게 숨을 내쉬다가 아차 했다.

영혼을 위한 기도를 하지 못했다. 얼른 닫힌 문앞에서 오른손을 이마에 대며 십자 성호를 그었다. '성부와 성자와 성령의 이름으로 아멘.' 마리아 언니도 그제야 십자 성호를 그었다.

"주님, 세상을 떠난 강신애 아나스타시아에게 영원한 안식을 주소서. 영원한 빛을 그에게 비추소서. 아멘."

세상을 떠난 이들을 위해 장례식장을 찾아다니며 숱하게 연도를 바쳤다. 그런데 아나스타시아의 시신 앞에서 이 짧은 위령기도를 하지 못했다. 시신과 마주치자 본능적으로 달아났다. 나는 성당에서 들무새처럼 온갖 궂은일을 다 했다. 신앙심도 성당에서 보낸 시간만큼 두텁다고 믿었는데 나 자신이 실망스러웠다. 그렇다고 기도를 위해 다시 들어가고 싶지 않았다. 당황해하는 언니를 보면서 휴대전화를 꺼내 119를 누를까 하다가 112를 눌렀다.

"곧 도, 도착한다고, 기, 기다리래에요오."

목소리가 연기를 마신 것처럼 더듬거렸다. 엘리베이터를 타고 아파트 로비로 내려오는 동안 마리아 언니는 쉼 없이 자신의 옷을 털었다. 아파트 살피꽃밭에 비비추 누런 이파리가 가을 무늬처럼 줄지어 있다. 그 앞에 쪼그리고 앉았다. 떨어진 이파리들이 바람 부는 대로 몰려다녔다. 부르르 몸이 떨렸다. 나는 옷깃을 세워 목을 가린 후 무릎 위로 고개를 푹 떨구었다.

어둑한 곳에 쓰러져 있던 검은 실루엣. 뼈만 남은 다리를 감은 얇은 이불. 상자 안에서 검은 손처럼 빠져나온 옷자락. 머리카락 사이로 보인 움푹 꺼진 눈자위, 그런 것들이 눈앞을 어지럽혔다.

마리아 언니는 자동차 진입로를 보면서 미동도 하지 않았다. 문앞에서 안절부절못했는데 어느새 무표정하고 차분해졌다. 마리아 언니는 아들과 함께 어시장에서 물고기 회를 떠서 판다. 일흔 살이 가까운 언니는 친언니보다 더 가까운 성당 언니다. 그런 마리아 언니에게 어떤 위화감이 들었다. 언니는 아나스타시아의 죽음을 예감하지 않았을까? 그래서 굳이 가기 싫다는 나를 억지로 데리고 온 건 아닐까? 마리아 언니를 마음속으로 원망했다.

"내 돈 주세요."

아나스타시아의 목소리가 들리는 듯하다. 그녀는 매달 정해진 날에 '베드로부동산' 사무소를 찾아와서 베드로 씨에게 10만 원을 받아갔다. 성당지원금이지만 아나스타시아는 자신의 돈으로 생각했다. 제주도에 가야 했던 베드로 씨는 10만 원을 성당 사회복지 분과장인 마리아 언니에게 맡겼다.

"일주일 동안 까맣게 잊었어. 미사 끝나고 나랑 같이 아나스타시아네 좀 가자."

할 수 없이 따라나섰다가 아나스타시아 주검과 맞닥뜨렸다. 베드로 씨가 준 돈을 마리아 언니는 일주일이나 갖고 있었다. 그 돈은 아나스타시아의 한 달 생활비다. 주는 걸 잊었다고 했다. 베드로 씨 같으면 있을 수 없는 일이다.

"아나스타시아 10년 이상 성당 다니지도 않았어. 그리고 좀 잘났냐? 왜 그 잘난 여자를 도와야 하는데?"

마리아 언니는 교우 돕기에 앞장선, 베드로 씨에게 이 문제를 따졌다. 성당에선 개인에게 현금을 지원하지 않는다. 성당 사회복지 분과장인 마리아 언니는 아나스타시아의 생활지원금을 타내기 위해 신부님과 사무장을 수시로 설득해야 했다. 더구나 마리아 언니는 하루 노동하지 않으면 먹지도 말아야 한다는 사고를 지녔다. 옳은 생각이긴 하지만 사회복지 일을 하는 사람으로선 차갑게 느껴진다. 나는 펄떡펄떡 뛰는 생선 대가리를 칼로 치고 껍질 벗기고 살을 저미는 일은 아무나 할 수 있는 일은 아니라고 생각했다. 마리아 언니가 구걸하러 오는 사람들을 내칠 때마다 직업의 냉정함을 떠올리곤 했다.

그런데 아나스타시아는 왜 돈 받으러 '베드로부동산'에 오지 않았을까? 순간 아, 하고 한숨을 내쉬었다. 아나스타시아는 열흘 전쯤 틀림없이 '베드로부동산'에 나타났다.

나는 가끔 아르바이트로 '베드로부동산'에 나갔다. 베드로 씨나 그의 아내가 자리를 비울 때 사무소를 지키는 일이었다. 그렇지 않아도 '베드로부동산'은 교우들의 아지트이기도 했다.

"나 잠깐 손님 만나러 나갈 텐데, 혹시 아나스타시아 자매님 오면 기다리라고 해줘."

베드로 씨가 담배 한 개비를 빼 들며 컴퓨터를 들여다보던 아내에게 말했다. 알았다며 고개를 끄덕이는 아내의 시큰둥한 태도에 베드로 씨는 나를 돌아보며 다시 말했다.

"아나스타시아 자매님한테 말하기 싫으면 나한테 전화해줘요."

"알았다니까!"

그의 아내가 빽 소리를 질렀다. 베드로 씨는 나를 향해 멋쩍게 웃으며 밖으로 나갔다. 베드로 씨가 나가고 10분도 채 되지 않았다. 아나스타시아가 이마를 유리문에 대고 안을 들여다보았다. 바싹 마른 몸 위에 걸친 까만 옷이 유난히 헐거워 보였다. 창백한 얼굴 옆으로 흘러내린 긴 머리카락이 가느다란 목을 휘감았다. 만화영화의 동굴 속 마녀를 연상케 했다. 베드로 씨가 보이지 않아서인지 금방 돌아섰다. 며칠 굶은 사람처럼 비척비척 걸어갔다.

잠시 후 유리문 밖에 그녀가 다시 나타났다. 이번엔 문을 빼꼼히 열고 안을 들여다보았다. 컴퓨터에서 눈도 떼지 않은 베드로 씨의 아내. 들어오지 않고 문을 닫으며 뒤돌아선 그녀.

얼마 지나지 않아 다시 그녀가 유리문 앞에 나타났다. 이번엔 힘겹게 유리문을 밀고 안으로 들어와서 소파에 털썩 앉았다. 여전히 모니터만 보는 베드로 씨의 아내.

나는 신부님이 빌려주신 '사방이 온통 행복인데'를 읽던 중이었다. 책을 보는 척했지만, 사실은 반대편 벽에 걸린 거울 속 아나스타시아를 보았다. 입술이 바싹바싹 타는지 까칠한 입술에 연신 침을 발랐다. 잠시 후 소파에서 몸을 일으키는 아나스타시아. 그녀의 허리는 철사처럼 가늘어 금방이라도 부러질 듯했다. 하도 말라서 책갈피에 납작하게 눌려 탈색된 꽃잎 같기도 했다. 손끝에서 바스스 부서

춘자

지는 마른 꽃잎.

"소장님 오면 나 왔다고 전해주세요."

그녀의 목소리를 듣고 나는 깜짝 놀라 고개를 들었다. 그녀는 대상을 가려서 인사하고 말을 하는 사람이었다. '베드로부동산'의 알바 뛰는 가난한 여자 따위 그녀의 말 상대가 될 수 없었다. 그런데 그녀가 존칭을 쓰면서 말했다. 평소의 그녀라면 있을 수 없는 일이었다.

그녀의 대단한 자존심에 대해 웃지 못할 에피소드도 있다.

그녀의 고등학교 때 친구가 수소문 끝에 '베드로부동산'을 찾아왔다. 그녀가 만나 주지 않자 20만 원이 든 봉투를 베드로 씨에게 주고 갔다. 베드로 씨는 마리아 언니를 통해 돈을 전했고 그녀는 돈을 발기발기 찢어 길바닥에 뿌렸다.

마리아 언니와 베드로 씨와 나는 거리에 뿌려진 종잇조각을 주웠다. 테이프로 붙이는데 밤을 새웠다. 베드로 씨는 누더기 종이돈을 들고 한국은행을 찾아갔다. 사정을 들은 한국은행에서 모두 현금으로 돌려주었고 베드로 씨는 성당에서 주는 돈이라고 속여 다시 그녀에게 전했다.

그녀는 오직 성당에서 주는 돈만 받았다. 받을 권리가 있다는 것이 그녀 생각이었다.

어쨌든 그날은 목소리가 평소와 달랐다. 그녀의 공허한 목소리가 읽던 책의 행간에 허기진 새 발자국처럼 찍혔다.

그녀가 돌아간 뒤 베드로 씨는 손님과 함께 사무소로 돌아왔다.

아나스타시아가 세 번이나 다녀갔지만, 그의 아내와 나는 베드로 씨에게 말하지 않았다. 손님과 함께 들어온 베드로 씨는 계약서를 작성했고 그의 아내는 통화 중이었다. 나는 성당 회합에 가느라 부동산 사무소를 나섰다. 세 번이나 방문한 아나스타시아를 깨끗이 잊었다.

그날 베드로 씨에게 그녀의 방문을 알리거나 기다리라는 말만 했더라도 상황은 달라졌을 것이다. 갑자기 전신이 떨렸다. 누군가 내 머리를 종을 치듯 치는 것 같았다. 남편이 유난히 관심 기울이는 아나스타시아를 그의 아내는 못마땅해했다. 나는 내가 말하지 않아도 된다고 생각했다. 베드로 씨가 유리문을 밀고 안으로 들어올 때 두 사람 중 아무나 바로 말했어야 했다.

"나 왔다고 전해주세요."

바스스 부서져 가루가 될 것 같은 말투가 귓가에 맴돈다. 허기진 새 발자국이 허공에 찍힌다. 나는 그때 성당에 가기 위해 밖으로 나왔으니까 말할 기회가 없었다. 그의 아내가 말했어야 했다. 분명, 이 문제는 그의 아내 잘못이다. 그렇게 합리화해도 죄의식이 자꾸 파고들어 생각날 때마다 속이 상했다.

경찰서에서 불렀다. 담당 경찰관이 부를 때까지 긴 의자에 앉아 기다렸다. 사람들이 분주하게 드나든다. 눈을 감았다. 시체포에 쌓인 아나스타시아 시신이 구급차로 옮겨지던 모습이 아른거린다. 다리에 감긴 낡고 더러운 이불. 움푹 들어간 눈자위. 눈은 감겨 있었나? 아니, 커다랗고 검은 눈이 위쪽을 향해 떠 있었다.

얼핏 본 모습들이 점점 뚜렷해진다. 머리카락에도 하얀 무언가가 있었다. 바닥에 떨어진 흰 부스러기. 국수 부스러기 같았다. 국수라니? 아나스타시아는 밥도 국수도 먹지 않았다. 서양인처럼 날씬한 몸매와 손바닥만 한 작은 얼굴은 탄수화물 섭취를 하지 않아서라는 소문도 있었다. 최근 그녀는 마트에서 과일만 샀다. 그녀 목숨을 이어주는 것이 하루 과일 한쪽이란 것을 아는 사람은 다 알았다.

"성당에서 지원금을 주러 갔는데 문이 열려 있었다고요? 돌아가신 분 가족에 대해선 아는 것이 없고요? 고독사하신 거군요."

고독사, 경찰관의 입을 통해 듣게 된 단어에 소름 돋았다. 애달프게 울어 줄 사람 하나 없는 죽음. 고독사, 언어 자체로도 처절하다.

성당은 대부분 가족끼리 미사를 본다. 가족 단위로 또는 활동단체 단위로 물고기 떼처럼 몰려다닌다. 그녀는 물고기 떼 사이에서 언제나 혼자였다. 후리후리한 큰 키, 하얀 피부, 도도한 자태. 성당에서 그녀를 볼 때마다 좁은 아쿠아리움 속 벨루가를 떠올렸다.

15, 6년 전쯤 그녀는 58평 아파트로 이사 왔다. 그녀의 외제 차와 명품 옷이 사람들 입에 오르내렸다. 명문여대를 나온 돈 많은 이혼녀라는 소문이 파다했다. 그뿐, 그녀에 대해 아는 것이 없었다. 부동산 사무소에 있다 보면 동네 주민들 삶을 손금 보듯 알게 된다. 베드로 씨는 그녀에 대해 많은 것을 알 것 같았다.

그러나 그는 지금 여기에 없다.

"저기, 마리아 언니, 베드로 씨는 뭘 좀 알지 않을까요?"

경찰서를 나서면서 베드로 씨에게 연락이라도 해야 할 것 같아 말을 꺼냈다.

"왜? 베드로가 강신애 결찌라도 된다냐?"

소리는 낮았지만, 말투에 가시가 돋쳤다.

"아나스타시아 소식도 전해야……."

"무슨 소리. 일 끝나면 돌아오겠지. 그때 알아도 늦지 않아. 강신애는 우리 손을 떠났어. 무연고 고독사 처리하던지. 가족을 찾아 시신을 인도하던지. 경찰이 할 일이잖아. 우리가 돌봐주지 않았다면 그 여자, 버얼써 저세상 갔어. 우리가 왜 장례까지 책임져야 해?"

벌컥벌컥 화 나서 술 마시듯 말을 받아쳤다. 아나스타시아가 쫄딱 망한 후 10년을 한결같이 그녀를 돌봐 온 베드로 씨다. 작별인사라도 해야 하지 않을까? 딱 잘라 거절하는 마리아 언니를 나는 또 이해할 수 없었다.

그녀의 집 현관문이 열려 있는 것도 이상했다. 그녀는 항상 문을 꼭꼭 잠갔을 뿐 아니라 집안에 들이는 사람도 정해 놓았다. 그녀의 집을 방문할 수 있는 사람은 집주인인 안나 할머니와 신부님과 마리아 언니와 그녀가 인정한 두세 명의 부유한 여자들이 전부였다. 마리아 언니는 우리가 늘 부르던 아나스타시아에서 애칭인 타샤도 아닌 강신애로 이름을 바꾸어 불렀다.

검시관이 내린 아나스타시아의 사인은 짐작대로 아사였다. 열흘은 더 굶었을 거라고 했다. 열흘 전 '베드로부동산'에 왔을 때 마른 입술을 축이던 그녀. 잠시 기다리라는 말만 했어도 좋았을 걸 그랬다. 그날 돈을 받아갔다면 적어도 굶어 죽진 않았을 것이다.

내 집에서 제발 나가 달라고 아나스타시아를 끌어내던 집주인 안나 할머니가 떠올랐다. 저 여자 보기 싫어, 하면서 툭툭 내뱉던 베드로의 아내. 아나스타시아에게 줄 성당 지원금 타내기 어려워서 신부님과 사무장이 바뀔 때마다 골머리를 썩이던 마리아 언니. 그들은 자신들이 불편하다고 그녀가 죽기를 바란 사람들은 절대 아니다. 그러나, 이 풍요로운 세상에 교우요, 이웃이 굶어 죽었다. 그 죽음에 나도 무관하지 않았다. 우울감이 깊게 파고들었다.

외제 자동차가 흔하지 않을 때 그녀는 검은색 링컨 컨티넨털을 몰고 왔다. 곧 크라이슬러로 바뀌었고 크라이슬러에서 빨간색 소형 푸조로 바뀌었다. 후리후리한 키에 구찌나 프라다 같은 명품 옷을 입었고 에르메스 가방에 다이아몬드가 박힌 목걸이를 했다. 정체를 알 수 없는 서너 명의 여자들이 그녀를 왕녀 모시듯 하면서 함께 다녔다.

부자이긴 하지만 멸망한 나라에서 망명 온 귀족처럼 고독해 보였다. 불행할 것 같았다. 그렇게 생각하다가 피식 웃었다. 가난한 내가 부자를 연민의 눈으로 바라보다니, 바보 같았다. 부자들은 절대 상처받지 않는다. 상처는 가난 때문에 받는다. 나는 모든 불행의 원인은 절대적이든 상대적이든 가난이라고 생각한다.

시간이 흐를수록 아나스타시아의 외제 차에 함께 타고 다니던 여자들이 줄어들었다. 그녀 소유로 있던 시내의 명품매장과 58평짜리 아파트가 남의 손에 넘어갔다. 아나스타시아의 푸조도 주차장에서 사라졌다. 그녀의 외관을 비추던 화려한 것들이 사라진 후 그녀는 성당에 모습을 드러냈

춘자

다. 지금 사는 15평 아파트로 내려앉기까지 5년이 채 걸리지 않았다. 소문에 의하면 이혼 위자료로 받은 거액의 돈을 해 본 적 없는 패션사업에 뛰어들어 망했다는 것이다.

아파트 앞 편의점과 마트와 은행과 해양광장에서 그녀와 쉽게 마주쳤다. 금박이 반짝이는 하이힐을 신은 그녀. 스쳐 지나던 사람들이 걸음을 멈추고 넋 나간 듯 보곤 했다. 늘씬한 몸매에 여전히 고급스러운 옷을 입은 그녀. 백인처럼 하얀 피부, 인형 같은 예쁜 얼굴과 얼굴 옆으로 흘러내린 갈색의 긴 머리카락. 그녀가 걷는 곳은 곧 패션워크 런웨이가 되었다.

부둣가 성당은 그녀가 있기에 좁고 허름했다. 신자들의 시선이 제단 위의 신부에게서 그녀에게로 순간순간 옮겨갔다. 시선은 끌었지만, 신자들이 그녀를 좋아하진 않았다. 미사 예절 중 '평화를 빕니다'라는 말과 함께 신자들이 앞뒤 좌우를 돌아보며 인사를 나누는 '평화의 인사' 시간이 있다. 손을 잡는 사람들, 악수하는 사람들, 가끔 옆 사람과 포옹하라고 신부님이 시킬 때도 있다. 그녀는 누구와도 인사하지 않고 앞만 보았다. 미사가 끝난 후에 오직 신부님과 수녀님들하고만 대화를 나누었다. 수녀님들은 얼마 지나지 않아 성당을 떠났다. 수녀 없는 성당이 되자 그녀는 수녀처럼 검은색 옷을 입었고 수녀처럼 행동했다. 사람들 앞에서 아나스타시아 수녀라고 자기소개도 했다.

그녀 행동에 변화가 생긴 것은 스스로 수녀라고 말할 때부터였던 것 같다. 사람들은 세례명이 낯선 데다가 발음 또한 입에 붙지 않아 그냥 신애 씨라고 불렀다. 그렇게 부른 사람을 노려보면서, 아나스타시아로 불러. 아나스타시아! 그게 뭐가 어려워. 그녀가 성당에 나오지 않게 되자 비로소 우리는 익숙하게 아나스타시아를 발음하게 되었다. 오래전 수녀님만이 그녀에게 타샤 자매님이라고 불렀다.

성당에 나오지 않아도 그녀는 스스로 수녀라고 말했다. 검은색 얇은 천으로 몸을 휘감았다. 수녀의 검은 색 두건 대신 머리카락을 땋듯이 꼬아서 터번을 만들어 정수리에 틀어 올렸다. 긴 머리카락 몇 가닥이 귀 옆으로 흘러내렸다. 스크래치 컬러링처럼 어둠을 지우며 그린 그림 속 인물 같았다.

그녀는 아나스타시아라는 낯선 세례명만큼 괴이한 아름다움으로 여전히 사람들의 시선을 빨아들였다. 그녀는 자신의 몸을 감추지 않았지만, 감출 수도 없었다. 나는 그 당시 괴물이 달려들어 그녀를 잡아먹지는 않을까, 하는 엉뚱한 생각을 한 적도 있었다. 언제 어디서 나타날지 모르는 포식자를 경계하느라 그녀는 문을 걸어 잠그고 가난한 사람들과 교류하지 않는다고 이해했다.

그녀의 독특함은 그뿐이 아니었다. 그녀가 소유했던 부동산을 처분할 때 바로 옆의 '스마트부동산'에서 했다. 지금의 15평 아파트마저 '스마트부동산'에 의해 안나 할머니 소유로 넘어갔다. 자신에게 도움을 주는 '베드로부동산'의 베드로 씨를 철저히 따돌렸다. 옆에서 아나스타시아의 행동을 비난했다. 베드로 씨는 화 날만 하지만 상관하지 않았다.

"안됐잖아. 그렇게 망해봐, 제정신일 리가 있나."

그 말로 아나스타시아의 이해할 수 없는 모든 행동에 면죄부를 주었다. 베드로 씨가 아나스타시아에게 각별한 이유는 따로 있었다. 우울증을 앓던 베드로 씨의 어머니가 거리를 헤매다가 사고를 당해 세상을 떠났다. 아마 아나스타시아를 보면서 자신의 어머니를 생각한 것 아니냐고 '베드로부동산'을 드나드는 우리끼리 쑤군댄 적도 있었다.

이주가 물거품 되자 떠나는 사람들은 많아도 들어오는 사람들은 적었다. 성당은 동네 경로당과 비슷해졌다. 신부님은 난방도 하지 않았고 최소한의 생활비를 보수로 받았다. 경제난에 허덕이던 성당은 이웃돕기 예산부터 삭감했다. 아나스타시아 20만 원 지원금이 그때부터 10만 원으로 깎였다.

"쥐뿔도 없는 게 밥 먹듯이 밥을 굶으면서 정부 보조금은 왜 안 받냐? 따지고 보면 성당에서 이 돈 줄 이유가 없어. 신부님도 그러시더라. 비가 뚝뚝 새는 가난한 성당에서 성당 나오지도 않는 그런 사람한테 왜 주냐고."

마리아 언니가 베드로 씨에게 하는 말이었다. 사실 베드로 씨도 주민센터를 찾아가서 애면글면 부탁한 적도 있었다. 주민센터에서 지원금을 주기 위해 그녀를 불렀지만, 그녀는 정부 보조금을 완강하게 거부했다.

"난 니들보다 훨씬 잘났어. 난 아직 부자야. 거지들에게 주는 돈 필요 없다고!"

그녀는 베드로 씨에게 당당하게 돈을 받아갔다. 나름의 이유는 있었다.

외모가 반듯하고 비교적 부유한 안나 할머니는 그녀가 만나는 성당 교우 중 한 사람이었다. 그녀는 안나 할머니에게 자신이 현재 사는 15평 아파트를 팔았다. 시세는 4000만 원 정도인데 2500만 원에 팔았다. 2000만 원은 그녀가 전세로 사는 조건이었다. 안나 할머니는 현금 500만 원을 주고 등기권리증을 넘겨받았다.

'베드로부동산'에선 뒤늦게 이 사실을 알았다. 안나 할머니가 500만 원에 그녀의 집을 꿀꺽했다는 마리아 언니 말에 베드로의 아내는 싸게 사긴 했지만 2500만 원 다 준 거라고 바로잡았다.

"그게 말이 되냐? 직접 준 건 500만 원뿐이라고. 안나 할머니, 오백에 아파트 주웠지."

두 사람의 말을 들을 때마다 나는 머리가 복잡해져서 계산이 서지 않았다. 다만 안나 할머니와 그녀가 바로 옆 스마트부동산에서 계약서를 썼다는 사실에 놀랐다.

어느 날 아나스타시아가 '베드로부동산'을 찾아왔다. 베드로 씨를 통해 20만 원씩 부정기적으로 성당지원금을 받을 때였다.

"내 돈 2000만 원 안나 할머니가 갖고 있잖아. 월세 차감하고 나머지 돈 매달 생활비로 돌려달라고 해요."

"내가 계약서 작성한 것도 아닌데, 어떻게 말해요?"

베드로 씨 말에 그녀는 발끈 화내며 큰 소리로 말했다.

"뭐라고? 같은 부동산이잖아. 집에 대해선 네가 책임져야지."

베드로 씨는 어이없었지만 할 수 없이 안나 할머니한테 전했다.

"나, 저 아파트 팔란다. 집 관리 엉망인데, 잘 됐다. 타샨지 뭔지 당장 내보내."

안나 할머니가 베드로 씨에게 소리쳤다. 베드로 씨는 어쩔 수 없이 그녀의 생활비를 성당에서 지원하도록 힘을 썼다. 그녀도 그 돈이 성당지원금이란 걸 알면서 자신의 돈 2000만 원의 일부라고 주장하면서 고개를 바짝 들고 다녔다.

그러는 사이 새로 불붙은 아파트 이주 소문에 집값이 2~3배로 뛰었다. 그녀가 사는 작은 평수 아파트도 1억이 넘었다. 아나스타시아를 집에서 내쫓는 데 실패한 88세의 안나 할머니가 '베드로부동산'을 찾아왔다.

"2000만 원 줄게. 타샨지 뭔지 집에서 나가라고 해줘. 우리 아들이 돈이 필요해서 이 집 팔아야겠다."

당연히 전셋값도 폭등했다. 2000만 원으로 전세 입주할 곳은 이 아파트 안에는 없었다. 베드로 씨는 갈 곳 없는 아나스타시아를 좀 봐주시라고 안나 할머니를 설득했다. 안나 할머니는 저 미친 여자 내 집에서 내보내라고 날마다 '베드로부동산'에 와서 악쓰다시피 했다.

시간은 어제처럼 흘러갔다.

요즘 들어 부쩍 야위어가는 아나스타시아가 신경 쓰인 마리아 언니는 신부님을 모시고 가정방문 계획을 세웠다. 냉담자 방문이 목적인데 그녀가 죽기 일주일 전이었다. 성당에서 미사와 모임을 끝낸 후 마리아 언니와 나는 평소대로 장터국수가게에서 국수를 먹었다.

국수를 먹은 뒤 마리아 언니가 신부님에게 전화했다.

"신부님, 오늘 강신애 아나스타시아 가정방문 언제 가실 수 있으세요?"

춘자

"아, 참. 깜빡했습니다. 제가 지금 바깥에 나와 있는데, 어떻게 해야 하나요?"

잠시 난감한 표정을 짓던 마리아 언니는 신부님, 그렇게 바쁘시면 다음에 가죠. 오늘만 날도 아니구요, 라면서 통화를 끝냈다.

"아이, 귀찮아 죽겠네. 데레사, 시간도 남는데 간만에 뽕 하러 108호나 가자."

뽕이라고 해봐야 58평에 사는 현숙 씨네 가서 점 100 고 스톱 치는 일이었다. 판돈으로 치킨과 맥주를 배달해 먹고 남은 돈은 모아서 피서갈 때 보탰다. 베드로 씨가 꼭 갖다 주라고 당부한 성당지원금 10만 원이 마리아 언니의 가방 속에 있었던 것을 나는 알지 못했다.

마리아 언니는 며칠 전 그녀에게 신부님 가정방문을 알렸다. 그날 신부님이 그녀를 만났다면 종부성사를 주고, 병원으로 이송시켰을지도 모른다. 춥고 배고픈 그녀가 잠이 들까 봐, 아니 영영 잠들 수 있음을 그녀의 몸이 감지해서 문을 잠그지 않았는지 모르겠다. 아니면 누구라도 들어와서 구해달라는 구조 시그널은 아니었을까?

베드로 씨가 제주도에서 돌아온 날 안나 할머니가 찾아왔다.

"내가 그 집에 살게 해 줬으니까 그 여자 그동안 목숨 부지했지. 나 아니었으면 벌써 죽어도 열 번은 더 죽었을 거다. 보증금 2000만 원은 당연히 내 돈이다. 한 푼도 내놓지 못해. 경찰이 전남편과 딸을 찾아냈어. 경찰이 물으면 말해줘라. 매달 성당에서 준 돈, 그 돈 전세보증금에서 나간 거라고. 타샤 계약서도 내가 가지고 있으니까. 그들이 보증금 찾아갈 근거는 없지만, 혹시라도."

아나스타시아 계약서를 왜 안나 할머니가 가졌는지 아무도 묻지 않았다. 그녀가 살아서 마지막 본 사람이 어쩌면 안나 할머니가 아닐까? 문이 열린 건 그 때문이 아닐까? 누가 문을 열었을까? 아나스타시아? 안나 할머니? 이미 아나스타시아는 죽었다. 아무도 그걸 따지지 않았다.

다음날 이혼 후 20년 동안 한 번도 만나지 않았던 아나스타시아 전남편과 딸이 아나스타시아 시신을 인도해 갔다.

"우리 덕에 잘 살았지 뭐, 더 나빠지지 않고 잘 갔어. 가족이 왔으니 그나마 다행이고."

말은 시원스럽게 하는데 마리아 언니의 표정은 뭔가 께름칙해 보였다. 우울해 보이기도 했다. 마리아 언니뿐이 아니었다. 모두 아나스타시아의 죽음 자체를 회피하려 했다. 그녀는 죽었고 부끄러움은 남은 사람들의 몫이었다. 베드로 씨는 창밖을 내다보며 허탈한 듯 한숨을 내쉬었다.

"그만, 그만. 일 다 끝났네. 오랜만에 108호 가서 뽕해요. 안나 할머니가 국수랑, 돼지고기 삶아서 108호 갖다 놓겠대요. 집 문제 해결되어 고맙다고."

베드로의 아내가 부산스럽게 말하자 베드로 씨도 그래요, 뽕이나 합시다 하면서 일어났다.

"참, 국수 부스러기는 데레사가 잘 못 본 것 같아. 국수가 아닐 거야. 부패가 시작되었다고 하니…… 아마도……."

갑자기 오한이 일어났고 몹시 추웠다. 듣지 말아야 할 말을 들은 것 같다. 국수가 아니라고? 그럼……. 목이 움츠러들었다.

이들은 곧 108호에 가서 고스톱을 치고 맥주를 마실 것이다. 안나 할머니가 가져온 국수를 삶아 멸칫국물에 말아 먹고, 삶은 돼지고기를 말간 새우젓국에 찍어 먹을 것이다. 아무 일도 일어나지 않았던 것처럼 고, 스톱을 외칠 것이다.

나는 적어도 오늘은 국수를 먹지 못할 것 같다.

"나, 오늘 뽕 팀 빠져야겠네. 다녀올 데가 있는데 깜빡했어요."

핑계를 대고 '베드로부동산'을 나와 해안도로를 따라 걸었다.

섬으로 떠나는 흰색의 커다란 카페리. 노을에 빛나는 황

아나스타시아

금물고기 유람선. 하얗고 파란 크고 작은 여객선과 어선들이 물 위에서 흔들린다. 등대를 지나 해양광장으로 갔다.

해가 바닷물에 몸을 반쯤 담그고 있다. 갈매기 몇 마리 조명등 위에 정물처럼 앉았다. 하늘과 바다, 바다 위의 배들이 붉게 물들었다. 상트페테르부르크 아치형 문에 달린 커다란 조명등을 쳐다본다. 해가 지는 순간 조명등은 켜진다. 러일전쟁 때 러시아 순양함과 포함이 일본군에 패하기 전, 이 바다에서 자폭했다. 구청에서 추모비와 함께 광장을 러시아풍으로 꾸미고 '상트페테르부르크'라고 이름 붙였다.

페테르부르크라고 하면 '……모든 것은 순간적인 것, 지나가는 것이니, 지나가는 것은 훗날 소중하게 되리니.' 푸시킨의 시 '삶이 그대를 속일지라도'가 떠오른다. 도스토옙스키의 '죄와 벌'의 소냐도 기억난다. 바다에서 들리는 물결 소리는 내겐 차이콥스키의 '비창'이다. 해양광장에 걸린 상트페테르부르크 러시아 도시 이름은 문학소녀였던 그때, 가장 행복했던 여고 시절로 돌아가게 했다.

바다 앞에 나란히 선 마트료시카 인형들도 붉은빛으로 물들었다. 마트료시카 인형은 엄마가 딸들을 품는 것처럼 인형 속에 작은 인형, 작은 인형 속에 더 작은 인형이 포개듯 겹겹 들어있는 러시아 인형이다. 이곳엔 4m 인형 앞에

춘자

3m 인형이, 그 앞에 2m 크기의 인형들이 차례로 서 있다. 뒤에서 보면 풍만한 몸매지만 앞에서 보면 인형 속은 텅 비어 아무것도 없다.

지난여름 어느 날 밤 이곳에서 아나스타시아를 만났다.

마트료시카 인형 앞을 지나다가 이상한 느낌이 들어 인형 속을 보았다. 그 순간 인형 안에서 사람이 밖으로 툭 튀어나왔다. 검은 옷의 키가 훌쩍 크고 바짝 마른 여인. 옆을 스쳐 등대 쪽으로 걸어가는 사람은 누가 봐도 아나스타시아였다. 전혀 다른 세계에서 온 생명체처럼 보였다.

"타샤!"

나도 모르게 큰 소리로 불렀다. 아나스타시아는 걸음을 멈추고 뒤를 돌아보았다. 하얀 치아가 보였다. 소리 없이 활짝 웃었던 것 같다. 그 모습에 머리카락이 곤두서면서 얼어붙었다. 아나스타시아는 머리를 뒤로 젖히며 나를 향해 긴 두 팔을 벌렸다. 조명등 불빛이 창백한 얼굴에 비처럼 내렸다. 쇼생크 감옥에서 지하 배수구를 빠져나와 탈출에 성공한 앤디 듀프레인처럼 그녀는 잠시 그렇게 서 있었다.

내게 등을 보이며 어둠 속으로 묻혀들어가던 그녀. 그녀의 등이 짊어진 짙은 외로움에 새삼 눈시울이 뜨거워진다. 그런데 나는 '베드로부동산'에서 그녀에게 기다리라는 말을 왜 하지 않았을까? 베드로 씨에게 그녀가 금방 다녀갔다는 말을 왜 전하지 않았을까? 그녀를 미워해서가 아니라면 타인에 대한 무관심에 익숙한 탓이었을까. 그런 생각이 들자 낯선 것이 두려운 게 아니라 익숙한 것이 두렵게 다가왔다. 그녀의 처지에서 본다면 나의 무관심이 얼마나 사악한 것이었을까.

　마트료시카 인형의 텅 빈 속을 들여다본다. 그녀는 이제 그곳에 없다. 부활, 소생의 뜻을 지닌 아나스타시아. 이름처럼 부활하기를, 이름처럼 소생하기를, 아름다웠던 타샤.

　어스름한 바다 위, 배들이 여기저기서 불을 밝힌다. 서치라이트 빛줄기를 따라 바다는 환해졌다가 어두워지기를 반복한다. 어둠이 깔리는 시간, 멀리서 다가오는 실루엣이 내가 기르던 개인지 나를 해치러 오는 늑대인지 분간할 수 없는 시간, 개와 늑대의 시간. 사진찍기 가장 좋을 때. 해양광장을 찾은 사람들이 스마트폰으로 어둠 속에 숨어드는 노을의 여운을 찍는다. 흰 셔츠를 입은 사람이 바다를 향해 하모니카를 분다.

　아나스타시아에 대한 나의 죄의식도 점점 어두워지는 시간 속으로 숨어든다. ✸

춘자

검은 기와집

검은 기와집

불길은 소용돌이치면서 검은 기와집 지붕 위로 올라간다. 소방호스에서 세차게 물이 뿜어나온다. 물에 젖어도 불길은 꺼지지 않는다. 오히려 더 격렬하게 타오른다. 허공을 휘저으며 집들을 태우던 불길은 마을 뒷산 숲으로 내달린다. 숲에서 시커먼 연기가 솟아오른다. 숲은 조명탄이 터지듯 밝아졌다가 어두워지곤 한다.

아래로 내려온 카메라는 사람들을 비춘다. 재와 연기로 시커멓게 된 제복의 소방관이 보이고 머리가 거슬린 사람이 들것에 실려 나간다. 카메라는 멀리서 강 건너 불구경하는 사람들을 스치듯 지나간다. 화재 현장을 전달하는 아나운서의 목소리가 윙윙거린다. 공중에서 물을 쏟아붓는 소방헬기를 보면서 텔레비전을 끈다.

건조한 열기가 이곳까지 들어온 느낌이다. 어두워지는 창밖을 본다. 검은 기와지붕 위에서 회오리치던 불꽃이 창밖에 있는 듯하다. 몸 어디선가에서 통증이 일어난다.

내가 태어나고 자란 집을 사람들은 검은 기와집이라 불렀다. 지붕이 검은 기와인 우리 집은 텔레비전에서 속보로 전한 화재 현장의 전통한옥과 비슷하다. 집은 도심 한가운데 있었지만, 예전엔 툭 하면 정전이 되었다. 몇십 분에서 몇 시간씩 정전은 이어졌다. 정전에 대비한 양초와 성냥은 필수품이었다. 양초와 성냥이 있었지만, 아버지가 없으면 우리 집은 촛불을 켜지 못했다. 전깃불이 들어올 때까지 어둠 속에서 그림자처럼 움직였다.

촛불을 맘대로 켤 수 없었던 것은 아버지와 엄마의 궁합 때문이었다.

"그 여자캉 살면 어떠냐고? 뭐라 캐야 되노. 좋긴 좋은데 남자가 불 같은 성질이라 불나면 망하는기라."

늙은 역술인의 말이라고 엄마가 말했다. 더구나 우리 집은 목재로 지은 오래된 한옥이라 화재에 취약했다. 아버지는 결혼 처음부터 엄마를 비롯한 집안 식구들에게 철저하게 불조심시켰다.

아버지가 그토록 지키려 했던 그 검은 기와집은 지금 존재하지 않는다. 역술인의 말대로 화재로 사라진 것은 아니다. 도시계획에 의해 집이 있던 자리에 8차선 도로의 넓은 교차로가 생겼다. 기와지붕과 대청마루와 우물과 감나무와 살구나무가 있던 그곳은 평평한 아스팔트가 되어 차들이 달린다.

존재하지도 않는 집에 나는 지난 시간을 무덤처럼 쌓았다. 한때 잊으려 애를 쓴 적도 있었지만 그렇게 하지 못했다. 과거의 시간에서 고립된다는 건 결국 혼자가 되는 것이었다. 나는 시간과 공간을 초월해 홀로 그 집에 머물렀다. 혼자가 아니라 그곳엔 항상 엄마가 있었다.

무릎을 꿇고 대청마루를 걸레질하는 엄마. 마루는 늘 반짝반짝 윤이 났다. 대청마루 한쪽에 놓인 다듬잇돌 위엔 하얀 옥양목 이불 홑청이 개켜져 있었다. 걸레질이 끝나면 엄마는 방망이 두 개로 장단을 맞춰 다듬이질했다. 홍두깨에 말아 두드릴 때도 있었다.

가끔 엄마는 마루에 앉아 이윽히 마당을 내려다보았다. 무명 흰 저고리에 검정 치마를 즐겨 입은 엄마. 단옷날에는 창포물에 머리를 감았고 장독대 옆 봉선화 꽃이 피면 백반을 찧어 손톱에 봉선화 물을 들였다. 숱 많은 까만 머리 한가운데 반듯하게 가르마를 타서 이랑을 만들었고 참

빗으로 머릿결을 고르게 했다. 삼단같이 검고 윤나는 긴 머리채를 한쪽 어깨 앞으로 끌어당겨 한 줄로 종종 땋았다. 땋은 긴 머리채를 손가락을 넣어 도르르 말아 뒤통수에 붙이고 입에 물고 있던 비녀를 머리 뒤에 꽂았다. 달걀같이 갸름하고 하얀 엄마의 얼굴을 사람들은 그림 같다고 했다. 미인박명이라는데, 그런 말도 많이 들었다. 우리 집을 방문한 아버지 친구들은 하나 같이 넋 놓고 엄마를 보다가 아버지를 의식하곤 깜짝 놀라기도 했다.

아버진 집에 있을 때 누마루에서 책을 읽었다. 아버지의 시선이 우물가에서 마당을 가로질러 부엌으로 가는 엄마의 뒷모습을 따라갔다. 아버지의 시선이 가 닿는 곳은 엄마뿐 아니었다. 마당을 오가던 친척들이나 일하는 사람들에게도 그들이 보이지 않을 때까지 시선을 꽂았다. 집안사람들은 아버지 눈치를 살피느라 전전긍긍했다.

체격이 좋은 아버지는 시커먼 눈썹이 위로 길게 자라 치솟았다. 맥가이버 칼 두 배쯤 긴, 손잡이가 노란색인 가미소리를 저녁마다 숫돌에 갈았다. 아침에 비누로 거품을 낸 다음 밤새 무성하게 자란 시커먼 수염을 전날 저녁에 갈아둔 가미소리로 밀었다. 호랑이 털처럼 뻗쳐나온 긴 눈썹은 가위로 잘라냈다. 양조장을 운영하는 아버지를 사람들은 호랑이 털보 사장님이라고 불렀다.

ㄱ자 검은 기와집에 별채, 뒷마당에 사당까지 있는 우리 집은 방도 많고 마당도 넓었다. 양조장 직원들뿐 아니라 시골의 친척들, 아버지 친구들이 수시로 드나들었다. 그들은 며칠씩 혹은 몇 달씩 머물다가 떠나곤 했다.

아버지가 집에 없을 때 아버지 친구가 다녀간 적이 있었다. 그날 밤, 아버지는 나와 오빠를 방구석에 세워 두고 엄마를 다그쳤다. 불같이 화를 내던 아버지는 사정없이 엄마의 뺨을 때렸다. 오빠는 벽을 향해 돌아섰고 나는 엄마한테 매달려 울었다. 아버지는 그런 나를 방문을 열고 마루로 집어 던졌다. 다음날 아침 엄마의 하얀 얼굴엔 시퍼런 멍이 들어 있었다. 분이라도 바르면 좋을 텐데 엄마는 그러지 않았다. 퍼렇게 멍든 자국을 그대로 둔 채 얼굴을 꼿꼿이 들고 마당을 가로질러 다녔고 손님을 맞이했고 집 안에 머무는 사람들을 관리했다. 엄마 얼굴의 멍 자국은 지워질 만하면 또 생기곤 했다.

엄마를 때린 다음날 밤, 아버지는 어김없이 집에 들어오지 않았다. 부스럭 소리에 눈을 떴다. 엄마가 댓돌 아래로 내려서는 소리였다. 달이 환하게 마당을 비췄다. 엄마는 마당 한쪽 감나무 옆 우물가로 갔다. 달을 쳐다보던 엄마는 주위를 한 바퀴 둘러보았다. 잠시 후 옷고름을 풀고 저고리를 벗었다. 치마가 스르르 바닥으로 떨어졌다. 감나무

가지에 옷을 걸어놓은 엄마는 우물 곁으로 바싹 다가섰다. 두레박으로 물을 길어 올려 어깨 위에서 물을 좍 끼얹었다. 엄마의 하얀 목덜미에 차르르 쏟아지던 물줄기. 달빛을 받아 뽀얀 엄마 등에서 하얗게 부서지던 물방울들. 휘영청 밝은 달밤, 밤은 깊고 고요한데. 엄마 몸을 타고 흘러내린 물소리가 엄마의 울음처럼 오랫동안 내 안에서 공명을 일으켰다. 그 공명은 엄마가 언제든지 죽을 수 있다는 두려움으로 내 안에 깊게 똬리를 틀었다. 그 후, 느닷없이 우물가의 엄마가 떠오르면 수업 중에도 하염없이 엎드려 울었다.

대학병원 골목은 학교에서 집으로 오는 지름길이었다. 병원의 회색 담장은 길었고 인적도 드물었다. 비 오는 날 그 길은 '내 다리 돌리도.' 하면서 병원에서 죽은 귀신들이 나타나는 곳이었다. 햇볕이 따갑게 아스팔트 위로 쏟아지던 여름날, 무심코 대학병원 골목으로 접어들었다. 길바닥이 녹아 꿀렁꿀렁했다. 지나가는 사람은 하나도 없었다. 비가 오지 않아도 너무 적막해서 귀신이 나올 것처럼 무서웠다.

그때 대학병원 옆 골목길에서 구루마 한 대가 나왔다. 평평하고 두꺼운 나무판 밑에 바퀴를 달아 굴러가는 구루마. 구루마 위에 거적때기가 덮여 있었는데 가운데가 불룩했다. 구루마는 멀리서부터 나를 향해 다가왔다. 구루마 끝에 시커먼 것이, 아래로 흘러내려 흔들거렸다. 가까이 다가왔을 때 보니 여자의 헝클어진 긴 머리카락이었다. 맨살이 드러난 팔 한 짝이 거적때기 옆으로 빠져나와 덜렁거렸다. 남루한 옷차림의 비쩍 마른 남자가 여자 시체를 실은 구루마를 끌고 가는 중이었다.

긴 머리카락을 보는 순간 소름이 끼쳤다. 달빛 아래 물을 끼얹던 엄마의 풀어진 긴 머리카락이 떠올랐다. 엄마가 금방이라도 저 여자처럼 죽을 것 같았다. 정신이 아득해졌다. 다시는 엄마를 만나지 못할 것 같아 엄마, 엄마 부르며 집으로 마구 뛰어간 적도 있었다.

아버지에 대한 기억은 냉랭하다. 아버지가 나를 안아주거나 손을 잡아 준 기억이 도대체 없다. 그런 아버지가 오빠는 데리고 다니면서 새 옷과 새 신을 사주고 외식도 시켜주었다.

마당에는 늘 한약 달이는 냄새가 진동했다. 엄마는 풍로에 참숯을 피워 약을 달였다. 약탕관의 물이 넘칠까 봐 쪼그리고 앉아 연기를 마셔가면서 애면글면 부채질했다. 아버지한테 먼저 약사발을 갖다 바친 엄마는 그다음 약사발을 들고 오빠 입에 갖다 댔다. 오빠는 오만상을 찌푸리며 안 먹겠다고 고개를 돌렸다.

"아부지한테 이를 끼다."

오빠는 엄마를 노려본 다음 받아마셨다. 한약을 먹고 나면 엄마는 찬장 위에 올려둔 유리병을 내렸다. 유리병 안에는 빨갛고 노랗고 하얀 색깔의 왕 눈깔사탕이 가득 담겨 있었다. 엄마는 한 알을 꺼내어 오빠 입안에 쏙 집어넣었다. 오빠는 설탕이 바글바글 묻은 사탕조차 얼굴을 찌푸리며 받아먹었다.

나도 사탕, 하면서 손을 내밀면 이거 약인기라, 찌푸린 얼굴로 오빠가 말했다. 엄마도 내게 알사탕 하나 주지 않았다. 사탕을 먹기 위해 나도 한약 달라고 졸랐지만 가시나가 무신 한약을, 등짝만 얻어맞았다.

엄마는 밥상도 따로 차렸다. 아버지와 오빠는 안방에서 겸상했다. 자개가 박힌 밥상에는 하얀 쌀밥에 육회나 불고기, 생선과 달걀부침이 있었다. 엄마는 나와 일하는 언니와 함께 부엌과 통하는 작은 방에서 먹었다. 우리 밥상엔 보리밥과 김치와 장아찌와 된장이 전부였다.

오빠와 내가 무엇이 다를까 생각했다. 그러고 보니 오빠는 서서 오줌을 누고 나는 앉아서 봤다. 오빠에게는 있고 내겐 없었다.

"엄마, 내 꼬치는 어딨쩌?"

마당에서 빨래를 널던 엄마는 손길을 멈추고 물끄러미

나를 내려다보았다.

"글씨, 어데서 이자뿐는 갑다."

나는 잃어버린 고추를 찾아 나섰다. 내가 보이지 않자 엄마는 앞마당 뒷마당을 샅샅이 뒤졌다. 우물 안과 변소와 사당까지 들여다보던 엄마는 대문이 열린 것을 보았다. 혼자 밖으로 나간 적 없지만, 혹시나 해서 엄마는 밖으로 나섰다. 나는 그때 큰길 가 도랑에서 꼬챙이를 휘저으며 고추를 찾았다. 하도 울어서 땟국물로 꼬질꼬질한 얼굴에 옷은 구정물이 튀어 전쟁고아 같았다고 엄마는 회상했다.

엄마는 머리통을 쥐어박으며 '모지라는 가시나 이걸 우야꼬.' 하면서 한숨을 쉬었다. 그 후 여러 날 고추 찾아달라며 바락바락 울었다. 야단쳐도 울음을 멈추지 않자 엄마는 서문시장에서 삶은 돼지 불알을 사 왔다. 바싹 건조 시켜 '꼬치 찾았다' 하면서 내게 주었다. 나는 한동안 붙여보려고 애를 썼지만 되지 않았다. 오빠 소변볼 때 유심히 보았다. 오빠는 바지를 끌어 올리며 가시나 이게, 하면서 머리를 때렸다. 아무리 보아도 오빠의 그것과 모양이 달랐다. 얼마 지나지 않아 나는 돼지 불알을 미련 없이 쓰레기통에 버렸다.

"이그, 저거, 저거, 하나 달고 나오지. 누가 없이 나오라 캤나."

나를 보고 한탄스레 중얼거리던 엄마를 기억한다.

나는 영양실조에 걸려 뼈만 앙상했고 창백한 얼굴엔 맨날 마른버짐이 펴있었다. 곰살궂지 못한 성격에 웬만큼 불러선 대답도 하지 않는 고집쟁이였다.

그런 나를 오빠는 틈만 나면 '바가지'라고 부르면서 머리채를 끌어당기고 팔을 꼬집었다. 부엌일을 하던 언니도 오빠와 함께 나를 '바가지'라고 부르며 놀렸다. 그렇게 부르지 말라며 언니한테 울면서 덤벼들었다. 별명이 바가지가 된 것은 엄마 말 때문이었다.

"전쟁 통에 재수 없이 가시나를 낳아서. 피난은 무신. 미역국도 못먹었데이. 하도 더버서 미역국이 다 쉬터져뿌따 아이가."

6·25전쟁 때 북한군은 남침 한 달 만에 낙동강 선까지 밀고 내려왔다. 8월엔 최대격전지인 가산 다부동 전투가 시작되었다. 대구 사람들도 조금씩 술렁거렸고 피난을 떠나기 시작했다. 아버지 지인 중에 서울에서 내려온 정부 고위 관리의 큰형님이 있었다. 형님을 위해 서울에서 자동차와 트럭을 보냈고 아버지도 함께 피난 가기로 약속되어 짐을 쌌다.

피난 가기로 약속한 날 밤이었다. 자동차가 우리 집 앞에

도착했을 때 다부동 전투의 대포 소리를 들으며 엄마의 진통이 시작되었다. 자동차를 먼저 떠나보낸 아버지는 진통에 시달리는 엄마에게 화를 냈다.

"하필, 이럴 때 그카노? 얌통머리 없게."

평소 넓은 집은 사람들로 북적댔지만, 이날 아침만은 적막했다. 새벽녘 모두 피난길에 올랐기 때문이다. 출산을 돕기 위해 별채에 사는 나이 든 아주머니 혼자 남아 있었다. 만삭인 엄마가 딸처럼 보여서 차마 두고 떠나지 못했다. 아주머니의 가족들도 봇짐을 진 채 문앞에서 엄마가 출산하기만 기다렸다. 날이 환하게 밝은 후 아기는 태어났다. 탯줄을 자르고 아기를 목욕시킨 아주머니는 가마솥에 미역국을 한 솥 끓여 놓은 후 가족들을 따라 피난민 대열에 들어섰다.

집안에 남은 사람은 아버지뿐이었다. 아버지는 대청마루에서 담배만 뻑뻑 피워대다가 입을 열었다.

"저거 버리삐고 가자."

엄마는 눈을 감은 채 아무 말도 하지 않았다.

"포닥에 싸갖고 우물에 너어 놓고 가자. 지가 명이 있으면 살끼고."

아버지가 닦달하는 바람에 할 수 없이 엄마는 입을 열었다.

"혼자 가소. 내는 내 새끼 몬버리요."

"버린다 캔나. 바가지에 담가 노코 가자캤제. 빨리 일어나거라. 시간 없다. 전쟁통에 그깟 가시나 죽거나 말거나지 운명이제."

빵빵 터지는 대포 소리는 쉼 없이 들려왔다. 아버지가 윽박질러도 엄마는 핏덩이를 끌어안고 꼼짝하지 않았다. 안절부절못하던 아버지는 피난 가려고 준비한 가방에서 현금만 꺼냈다. 현금을 류색에 넣어 어깨에 짊어진 후 세 살된 오빠를 목말 태웠다. 뒤돌아보지 않고 대문을 나섰다. 점심 무렵 엄마는 밥을 먹기 위해 솥뚜껑을 열었는데 쉰내가 코를 찔렀다. 미역국은 이미 먹지 못할 만큼 쉬어버렸다. 엄마 생전에 그런 더위는 처음이었다고 했다.

깊은 밤, 대문이 삐거덕 소리를 냈다. 빈집에 올 사람은 인민군이나 도둑뿐이다. 엄마는 핏덩이를 끌어안았다. 무의식적으로 아기를 안고 장롱 안으로 몸을 숨겼다. 방문이 열리면서 뜻밖에 익숙한 목소리가 들렸다.

"어, 얼라하고 이 여편네가 어디로 가삐렀노?"

엄마는 빼꼼 장롱문 틈으로 내다보았다. 오빠의 손을 잡고 떠날 때 모습 그대로 나타난 아버지였다. 그 뒤로 별채 아주머니네 가족들이 돌아왔다. 함께 살던 친척들과 일하던 사람들도 줄줄이 돌아왔다.

아침나절부터 걸어서 떠난 사람들은 길이 막혀 한 발짝

도 나갈 수 없었다. 꼬리에 꼬리를 문 피난 행렬은 움직일 기미가 없었다. 국군이 이기고 있다는 소문이 나돌아도 사람들은 꾸역꾸역 피난 행렬에 몰려들었다. 자정 무렵 자동차로 떠난 아버지 지인은 무사히 부산에 도착했지만, 새벽에 떠난 사람들은 모두 되돌아 왔다.

엄마는 툭하면 사람들 앞에서 나를 가리키며 말했다.

"가시나 저거, 우물 바가지에서 디질 뻔 했다아이가."

사람들은 나를 '바가지'라 불렀다. 나는 지워지고 바가지만 살아남았다. '사막에서 너무도 외로워 뒷걸음질했다. 자기 앞에 찍힌 발자국을 보기 위해'라는 누군가의 말처럼 조금씩 성장해 가면서 외로움을 느낄 때마다 습관처럼 우물 속을 들여다보았다. 우물 속 두레박에 담긴 나를 불러내어 몰래몰래 울었다.

말은 그렇게 했지만 나와 놀아 준 사람은 엄마였다. 감꽃들이 우수수 떨어질 때 엄마는 떨어진 꽃을 주워 실에 꿰었다. 꽃목걸이를 만들어 내 목에 걸어주고 머리에 화관도 만들어 씌어주었다. 미친년들이 머리에 꽃 꽂고 다니는데. 그렇게 말하면서 엄마도 귀 뒤에 꽃을 꽂았다. 담장을 따라 길게 만든 살피 꽃밭에는 나팔꽃, 분꽃, 과꽃, 붓꽃, 샐비어, 맨드라미, 국화꽃이 계절에 맞춰 꽃을 피웠다. 채송화 꽃은 꽃밭 가장자리 깨진 벽돌과 유리 조각이 촘촘히

박힌 그 위를 기어갔다. 엄마는 쪼그리고 앉아 채송화 꽃을 보며 말했다.

"시상에, 사람들이 그렇게 밟아싸도 꽃은 요로케 이뿌다이."

엄마가 가장 좋아한 꽃은 맨드라미꽃이었다. 해마다 엄마는 맨드라미 씨를 뿌려 모종삽으로 꽃밭에 옮겨심곤 했다. 맨드라미는 지치도록, 지겹도록, 피가 뚝뚝 떨어질 것처럼, 꽃을 피워댔다. 한여름엔 맨드라미 붉은 꽃이 꽃밭 대부분을 차지했다. 맨드라미 꽃 검붉어져 까만 씨 뱉어내면 화려하던 꽃은 목매 단 듯 꽃대에 매달려 죽어갔다. 겨울이 되면 꽃밭 여기저기에 무너진 맨드라미 마른 꽃대 위로 눈이 쌓였다.

"맨드라미 꽃은 캄캄할 때 담배락이 불킨 거 맨치로 훤하데이. 수탉 비슬 같은 꽃이 사람 보고 웃고 있제. 무신 말 할 때도 있는 거 니도 크면 알끼다."

나는 징그럽다고 생각한 맨드라미꽃을 엄마는 지겹도록 좋아했다. 그런 엄마의 맨드라미꽃이 불꽃의 이미지로 바뀔 줄 꿈에도 몰랐다.

엄마는 나를 데리고 담장 가까이 있는 나무 사이를 돌아다니는 것도 좋아했다. 갑자기 내 손을 놓고 고양이처럼 나무 위를 올라가는 엄마. 나무 위에서 나를 내려다보며 혀

를 쏙 내밀어 메롱 하면서 까르르 웃던 엄마. 풀빛 하늘하늘
하던 어린 엄마. 햇살 받은 초록 나뭇잎 같은 기억 속 엄마
의 웃음이 맨드라미 붉은 핏빛 꽃으로 허공에 찍히곤 했다.

　길 잃은 청둥오리 한 마리가 마당에 쓰러진 적이 있었다.
정성껏 돌봐 살려냈지만 새는 날지 못했다. 고향에도 못
간다, 우짜노. 하면서 엄마는 마음 아파했다. 어쨌건 청둥
오리는 온 마당을 헤집고 다녔다. 엄마는 나무 아래에 있
던 커다란 돌확에 물을 가득 부었다. 청둥오리는 툭하면
물속으로 뛰어들었다. 청둥오리가 물속에서 퍼덕일 때마
다 물방울이 튀어 올랐고 빛이 반사되어 무지개가 피어났
다. 물속에서 금방 나온 깃털은 초록빛과 갈색이 어우러져
눈부시게 빛났다. 지금까지 살아오면서 그보다 더 아름다
운 깃털을 가진 청둥오리를 본 적이 없다. 엄마는 날지 못
하는 청둥오리 옆에 자신의 모습을 가져다 놓았을까. 청둥
오리가 외롭다며 집오리 암컷 한 마리와 병아리들을 몇 마
리 사다 마당에 풀어놓았다. 노란 잡종 강아지 한 마리도
데려다 놓았다.
　내 관심은 청둥오리에서 강아지한테로 옮겨갔다. 나는
털이 복슬복슬한 강아지를 안고 꽥꽥거리는 청둥오리 뒤
를 따라다니며 놀았다. 내 생애 그보다 더 평화로운 한때

　　　　　　　　　　　　　　　　　　　　　　　춘자

를 보낸 적이 없었다.

우리 마당의 우물은 동네에서 가장 맑고 깊었다. 가뭄에도 마르지 않은 우물가는 동네 여자들의 빨래터였다. 마당을 가로질러 빨랫줄이 여럿 매여 있었다. 빨랫줄이 처지지 말라고 가운데 받쳐둔 바지랑대를 뱅글뱅글 돌면서 나는 강아지와 병아리와 오리와 놀았다. 빨래를 널던 여자의 뒷걸음질에 병아리 한 마리가 밟혔다. 쨱소리를 내며 병아리는 조그만 날개를 짝 펼친 채 납작해졌다. 병아리가 움직이지 않자 나는 소리 내 울었다.

"가시나가 어데서 우노, 그깟 병아리 새끼가꼬."

여자는 울지 말라고 낮은 소리로 윽박질렀다. 나는 더 큰 소리로 울었고 어디선가 엄마가 나타났다. 엄마는 죽은 병아리를 집어 들더니 울고 있는 내 등짝을 후려쳤다. 등이 아파서 눈물을 뚝 그쳤다. 엄마가 그 여자에게 무슨 말을 했는지 그 후 그 여자는 우리 집에 빨래하러 오지 않았다.

내 생애 가장 아름다운 새, 청둥오리. 엄마의 머릿결처럼 반짝반짝 윤이 나던 청둥오리의 깃털. 아름다운 깃털을 가졌어도 날지 못한 새. 여자라는 이유로 구속당한 아름다운 엄마. 엄마가 청둥오리를 가엽게 여긴 이유를 알았을 때 엄마는 내 곁에 없었다.

병아리들은 얼마 지나지 않아 수탉과 암탉이 되었고 달

갈을 낳았고 병아리가 태어났던 것까지 기억난다. 청둥오
리는 그 후 어떻게 되었는지 기억에서 지워졌다. 아마 강
아지 때문일 것이다.

나의 첫 강아지, 내 말을 들어주는 나의 첫 친구 메리. 큼
직하게 자란 메리는 귀가 쫑긋 서지 않았다. 메리의 두 귀
는 중간쯤 서다가 멈추고 아래로 쳐졌다. 오빠는 귀가 서
지 않는다고 진돗개가 아니라 똥개라고 놀렸다. 똥개인 메
리는 밥 챙겨주는 엄마도 따랐지만 나를 가장 좋아했다.
나를 보기만 해도 꼬리가 떨어져 나갈 것처럼 흔들었다.
내 머리 위까지 올라타는 건 예사였다. 나를 뒤로 넘어뜨
리고 한발로 가슴을 누르며 혀를 내밀어 얼굴을 핥았다.
메리의 침과 발자국으로 옷은 맨날 더럽혀졌다.

오빠가 내 머리 꼬랑지를 잡아당길 때마다 메리는 오빠
를 향해 으르렁거렸다. 물론 메리는 오빠 발에 차여 깨갱
하면서 마루 밑으로 도망쳤지만. 어쨌든 메리는 집에서 내
말을 들어주는 유일한 존재였다. 내가 학교에 다니기 시작
하자 번번이 따라 나가다가 엄마한테 잡혀 목줄에 묶였다.

그러던 어느 날. 학교에 가려고 큰 길가에 나와 횡단보도
를 건너던 중이었다. 어디선가 개 짖는 소리가 들려 뒤돌
아보았다. 메리였다. 내가 돌아본 것을 안 메리는 나를 향
해 달렸다. 그 뒤를 엄마가 허겁지겁 따라왔다. 도로에는

버스와 승용차가 잇달아 지나가던 중이었다. 나는 깜짝 놀라 메리를 향해 뛰었다. 나는 메리에게 달려가고 메리는 나를 향해 달려왔다. 길 건너편에서 엄마가 다급하게 손짓하는데 무슨 뜻인지 몰랐다. 바로 옆에서 끼익하는 어마어마한 소리를 듣는 순간 무언가 물컹한 것에 부딪혀 정신을 잃었다.

눈이 떠졌을 때 엄마가 옆에 있었다.

"엄마, 메리는?"

나는 메리부터 찾았다. 내가 자동차에 부딪히는 순간 메리가 그사이에 뛰어들었다고 했다.

"우리 딸 살려준 강생이. 엄마가 잘못했다. 매 놨어야 했는데."

엄마는 나를 끌어안은 채 오래도록 흐느껴 울었다. 엄마가 메리를 그토록 좋아하는 줄은 몰랐다. 내가 사람보다 동물을 더 좋아하는 것은, 아마도 엄마의 DNA를 타고났기 때문인 것 같다.

손끝에 메리의 매끈한 꼬리의 감촉이 오랫동안 생생하게 남아 있었다. 두 귀가 바짝 서지 않아서 똥개라고 놀림당한 메리. 메리의 늘어진 귀가 만지고 싶을 때 나는 깍지를 꼈다. 학교에서 돌아와도 죽으라고 꼬리치며 올라타던 메리는 없었다. 똥개 그까짓 잡종 개라며 놀리던 오빠. 오빠가 내 머리 꼬랑지를 잡아당겨도 으르렁거릴 내 강아지는 어디에도 없었다.

메리도 없이 혼자 마루 끝에 앉아 있을 때, 불러도 엄마의 대답이 없을 때, 갑자기 뒷마당의 사당이 떠오르면 빈 집이 무서워졌다. 그럴 때마다 사당 쪽에서 음산한 바람이 불어왔다. 오빠는 귀신이 사는 집이라면서 툭하면 나를 사당 안에 밀어 넣고 밖에서 빗장을 질렀다. 사당 안은 좁고 어둠침침하고 여름에도 추웠다. 정말 죽은 조상이 귀신이 되어 나타날 것 같았다. 메리가 없는 텅 빈 마당이, 조상의 혼이 산다는 사당이 나는 무서웠다.

나에게 공포의 공간인 사당은 아버지에게 가장 중요한 공간이었다. 엄마는 달마다 사당 문을 열고 신주 앞에서 제사상을 차렸다. 명절 며칠 전부터 10촌까지 친척들이 시골에서 올라왔다. 방마다 사람들로 가득 차서 며칠이고 먹고 마시고 화투 치고 놀았다.

제례의식 때 의관을 갖춘 아버지의 모습은 특별해 보였다. 마당에 돗자리를 깔아 그 많은 사람이 아버지의 흠흠하는 신호에 맞춰 수도 없이 엎드려 절하고 일어나는 일을 반복했다. 향냄새가 온 집안에 가득했다. 의식을 진행하는 아버지가 사극에 나오는 선비 같았다.

아버지가 가족들 앞에서 쇠고랑을 찬 적도 있었다.

내가 다섯 살쯤 되었을 때 깊은 밤 경찰들이 권총을 들고 들이닥쳤다. 그들은 다짜고짜 아버지의 두 손에 쇠고랑을 채워 끌고 나갔다. 엄마는 물론 집 안에 머물던 다른 친척들도 이유를 몰랐다. 날벼락 같은 일에 모두 얼어붙어 와들와들 떨었다. 날이 밝은 후 엄마는 가까운 경찰서를 찾아갔지만, 아버지는 없었다. 어디로 연행되었는지 찾을 길이 없었다.

집으로 돌아온 엄마는 사당 문을 열고 안으로 들어갔다. 신주를 모신 감실 앞에 섰다. 얼마나 울었던지 또 얼마나 두 손을 싹싹 빌었던지 사당 밖에 나왔을 때 엄마의 눈은 퉁퉁 부었고 손바닥이 벌겋게 달아 있었다. 쪽진머리가 길게 풀어져서 전설의 고향에 나오는 귀신처럼 보였다.

사당을 나온 엄마는 양조장을 운영하는 조카들에게 돈을 빌렸다. 돈을 봉투에 넣은 후 작은 방 거울 앞에 앉았다. 평소 바르지도 않던 분을 곱게 발랐다. 정성껏 화장한 후 아버지가 연행되어 간 경찰서를 수소문하러 다녔다.

며칠 후 드디어 아버지를 연행해 간 경찰관을 만났다. 엄마는 돈 봉투를 슬쩍 제복 주머니에 찔러주었고 그 경찰은 슬쩍 엄마를 아버지가 있는 유치장에 데려다주었다. 유치장엔 아버지 혼자 감금되어 있었다. 아버지는 고문과 구타로 눈도 뜨지 못하고 말도 제대로 하지 못했다. 옷은 찢어져 온통 검은 핏자국이었다.

경찰관이 자리를 피해 준 뒤에야 아버지가 겨우 입을 열었다.

"니도 알제. 서울말 지껄이던 놈."

월북하려다 잡힌 서울 친구의 주머니에서 명단이 나왔다. 대부분 월북한 사람들의 이름이었다. 말하자면 좌파 동지들의 명단을 경찰에 뺏긴 거였다. 사실 북으로 간 지식인들 사이에 아버지 친구들이 몇 있었다. 그 친구들이 우리 집을 드나들었고 아버지로부터 경제적인 도움을 받았다. 어쩌면 우리 집에서 어떤 모의를 했는지도 모른다. 민간인 학살은 멈추었지만, 빨갱이로 찍힌 사람은 쥐도 새도 모르게 사라졌다. 아침에 만나면 서로 '밤새 안녕하십니까?' 하고 인사했던 시절이었다.

"얼라들 델꼬 저걸 우짜노."

아버지는 산다는 것을 포기했다. 빨갱이로 잡혀가서 살아 돌아온 사람은 주변에 없었다. 엄마는 넋이 나간 아버지를 뒤로하고 경찰서를 나왔다. 다음날 엄마는 아버지의 담배 한 갑을 연보랏빛 저고리 배래에 넣은 후 오빠와 나를 데리고 경찰서로 갔다.

입구를 지키던 경찰이 아이들 들어가는 곳이 아니라며

막았고 엄마는 기어이 들어가겠다고 실랑이를 벌였다. 경찰서 앞에서 실랑이가 벌어지자 안에 있던 경찰들이 밖으로 나와 엄마를 빙 둘러섰다. 마침 뇌물 받은 경찰도 있었다. 그 경찰은 다른 경찰들보다 나이가 좀 많아 보였다. 엄마는 저고리 배래에서 담배 한 갑을 꺼냈다.

"야들 아부지 껀데 수고하시는데 한 대씩 피우시라고예."

구하기 힘든 고급담배였다. 눈이 휘둥그레진 경찰들은 얼른 한 대씩 입에 물었다. 엄마는 뇌물을 준 경찰 턱 밑 가까이에서 담뱃불까지 붙여주었다.

"우리 집 봤지예. 집만 있는 게 아니라예. 시골에 땅도 있심더. 이 얼라들을 두고 북에 와 갑니꺼? 또 북에 갈 것도 아닌데 빨개이들한테 돈은 와 줍니꺼. 야들 아부지 얼마나 지독한 노랭인데예. 옆에 사람들한테 다 물어 보이소. 남한테 돈 한 푼 안 씁니더."

엄마는 그 경찰의 옷자락을 잡고 애원했다.

"지들 뜻대로 돈을 안 줬응께 우리 집 양반 욕보게 할라꼬 이름 석 자 써넣은 기라예."

엄마는 애들 데리고 자신도 감옥에 들어가겠다고, 죽어도 못 돌아간다면서 땅바닥에 주저앉아 울부짖었다. 옆에 있던 젊은 경찰이 '아이고, 그란데 우짜겠능교. 증거가 있응께.' 하면서 진심으로 안타까워했다. 뇌물 경찰이 담배를 피우며 엄마를 뚫어지게 보다가 엄마를 일으켜 세웠다.

"얼라들 델꼬 여서 이러문 안됩더. 남 눈도 있고, 잘 알
았응께 일단 돌아가이소."

엄마는 본능적으로 어떤 느낌을 받았다. 못 이기는 척 돌
아섰고 아버지는 며칠 후 풀려났다. 결국, 이 검은 기와집
이 담보된 셈이었다. 아버지가 풀려나자 그들에게 돈으로
은혜를 갚은 건 물론이다. 그들은 수시로 아버지를 경찰서
로 불렀고 그때마다 아버지는 돈을 바쳤다. 어쨌든 아버지
가 목숨을 구한 건 기적이었다. 나이 많고 돈 많은 아버지
한테 찍혀 어린 나이에 강제로 시집오게 된 엄마. 딸 준 대
가로 받은 시골 땅뙈기가 약속보다 작다고 외할머니가 투
덜대는 걸 나는 직접 들었다.

아버지는 자신을 구하기 위해 엄마가 나이든 경찰한테
몸이라도 준 게 아닐까? 그런 억측을 하지 않았을까? 백척
간두, 낭낭끄터리에 선 자신의 목숨을 하잘것없는 젊고 예
쁜 아낙이 구했기 때문일 것이다. 엄마에 대한 아버지의
구타가 그래서 더 잔인했다는 생각이 들었다.

풀려난 다음에도 툭하면 경찰서에서 아버지를 불렀다.
그렇게 경찰서를 뻔질나게 드나드는 사이 아버지가 경영
하던 양조장에선 조카들이 자신의 몫을 챙겨 슬슬 빠져나
갔다. 목숨은 건졌지만, 조카들로부터 배반당했고 돈도 잃

었다. 내가 생각하기에 아버지는 이념 따위 관심도 없는 사람이었다. 좌파 친구들을 몰래 지원했다면 그건 아버지의 명예욕과 과시욕에 의한 허세인지도 모른다. 아버진 오빠와 내가 다니던 초등학교에서 학교의 재정을 도와주는 사친회 회장을 했다. 양조장이 망한 후에도 별채로 거처를 옮긴 후에도 아버진 사친회 회장직을 바로 내놓지 않은 사람이었다.

양조장이 망한 후, 아버지는 몇몇 지인들과 함께 집 가까운 곳에 3층짜리 백화점을 세웠다. 시골집과 땅을 팔아도 자본금이 모자랐다. 검은 기와집을 팔았으면 될 터인데 아버진 사당을 지키기 위한 허세 때문인지 집을 팔지 않았다. 본채를 세 주고 우리는 별채로 나와 앉았다.

엄마는 가끔 두 살배기 여동생을 등에 업고 백화점에 나갔다. 나도 학교에서 돌아와 엄마를 찾아 백화점에 가곤 했다. 백화점 가는 길에 말 탄 경찰을 보았다. 갈기가 멋진 갈색 말이었다. 말의 속눈썹은 길었고 유리처럼 투명한 눈망울은 지금도 기억에 남아 있다. 남자아이들처럼 나도 말 뒤를 따라다니다가 말이 오줌 누는 것을 보았다. 고추가 커도 너무 컸다. 엄마한테 말 고추가 너무 크다고 말했더니 엄마는 니가 몇 살인데 아직도 고추 타령이냐며 웃었다.

12살 여름방학이 시작될 무렵이었다. 한밤중에 불현듯 잠이 깼다. 불자동차의 사이렌 소리가 끊이지 않고 들려왔다. 주위에 아무도 없었다. 꿈속 같았다. 대문이 활짝 열려 있어 밖으로 나왔다. 사람들이 큰길에 가득 모여 웅성거렸다. 모두 하늘을 쳐다보았다. 나도 하늘을 쳐다보았다. 저 멀리서 내 머리 위까지 불꽃이 바다를 이루었다. 불티가 날아왔고 메케한 냄새가 났다. 까만 밤하늘이 탁탁 소리를 냈다. 별들마저 불에 타는 것 같았다.

"다 타삐릿네."

"정말 다 타삐릿네."

"우야꼬."

한참 전에 난 불이 꺼질 때쯤이었다. 안타까운 듯 팔짱을 끼고 불구경하던 사람들이 하나둘 자신들의 구멍으로 사라졌다. 더러는 지나가면서 나를 힐끗힐끗 보았다. 큰길 위엔 나, 뿐이었다. 아무도 없는 텅 빈 길 위에서 하늘을 쳐다보았다. 검은 바다 같은 하늘에서 반짝이는 불꽃은 붉은 맨드라미 꽃밭 같았다.

오랜 시간이 지난 뒤에도 난로의 불꽃이나 맨드라미 핏빛 꽃이나 붉은색을 보면 뼛속까지 타버린 듯 어지러웠다. 붉은색은 내가 소유했던 모든 것과 영원한 작별을 알리는 기호가 되었다.

백화점 숙직은 점포주인들이 돌아가면서 했다. 그날은 누구 대신 아버지가 밤을 새웠다. 불났다는 소식에 엄마는 중학생인 오빠와 함께 백화점으로 달려갔다. 이미 불길은 잡을 수 없을 정도로 치솟았다. 소방관들이 출입을 통제했지만, 엄마는 불 속으로 뛰어들었다. 오빠는 소방관에게 잡혔다. 물건 훔치러 들어가는 줄 알고 놓아주지 않았다.

여기저기서 불길이 치솟았고 점포 천정들이 무너져 내렸다. 두 손으로 바닥을 짚고 무릎을 꺾은 채 고개를 떨어뜨린 아버지. 아버지는 자신의 운명에 무릎을 꿇었다. 아버지를 일으켜 세우려던 엄마의 머리 위로 불기둥이 무너졌다. 다음날 아침 콘크리트 뼈대만 시커멓게 그을린 채 남은 2층에서 소방관은 불에 탄 두 사람을 발견했다.

두 사람의 목숨을 앗아간 불은 백화점 뒤편 노점에 켜 놓은 촛불에서 났다. 불길은 노점의 천막을 타고 2층 백화점으로 올라와서 2층과 3층을 죄다 태웠다. 불길 속으로 사라지는 엄마의 뒷모습을 목격한 오빠는 그 후 병원을 드나들며 폐인처럼 살았다.

그 여름 꽃밭에선 맨드라미가 마지막 피를 토하듯 죽을 힘을 다해 핏빛 꽃을 피웠다. 검은 꽃씨가 그 여름을 기억하듯. 가꾸는 사람 없는 꽃밭, 맨드라미 쓰러진 꽃대 위에 흰 눈이 펑펑 내렸다.

창밖을 내다본다. 어느새 하늘은 깜깜해졌다. 별들이 파랗게 반짝인다. 밤바람에서 재 냄새와 열기가 풍기는 것 같다. 불길 속에서 아버지를 일으켜 세우려던 엄마. 검은 기와집을 관리하던 엄마. 아들을 편애했지만, 여자로 살아야 할 딸이 안타까웠던 엄마. 어린 동생들을 남겨두고 떠난 엄마.

엄마의 빈자리에 분노하거나 울 여유 없이 살았다. 엄마는 내게 핏빛 심장, 그 여름의 맨드라미 붉은 꽃으로 살아 있다. 나는 내 시간을 무덤처럼 차곡차곡 검은 기와집에 쌓으며 엄마와 함께 살아왔다.

삐거덕 대문 여닫는 소리가 들린다. 문짝이 내는 삐거덕 소리는 사람이 드나드는 소리였다. 밤이 이슥해지자 엄마는 마당에 나와 하늘의 별을 쳐다본다. 그러곤 안채와 별채를 향해 안 들어온 사람 있나? 라고 큰 소리로 묻는다. 드나드는 사람이 많아 대문은 종일 조금 열려 있었다.

대답이 없자 엄마는 문을 완전히 닫은 후 빗장을 지른다. 덜커덕 빗장 지르는 소리가 난다. 댓돌 위에 고무신을 나란히 벗어놓고 엄마는 대청으로 올라간다. 쪽진 비녀가 어둠 속에서 반짝 빛을 낸다. 엄마의 뒷모습이 방안으로 사라진다. 검은 기와지붕 위에서 파란 나비 한 마리 팔랑이며 내려온다. ✁

춘자

작가의 슴베

이수조 작가의 첫 소설집 출간 소식이 반갑습니다. 기다리던 편지를 받은 기분입니다. 이수조 작가는 많은 이야기를 품고 있습니다. 세상으로 나올 차례를 기다리다 밖으로 나온 이야기들은 낚싯대에 매달려 올라온 물고기처럼 물방울을 튀기며 펄떡거립니다. 생존과 죽음, 욕망과 결핍, 누구나 느낄 수 있는 감정을 인물들을 통해 보여줍니다. 내가 외면하거나 모르고 지나쳤던 감정들을 코 앞에 들이댑니다.

여덟 편의 작품을 읽었습니다. 「춘자」에서 말하는 '삶의 모서리에서 좌초된 척박한 인생'이 작품 전반에서 느껴집니다. 삶의 모서리는 다양한 인물들의 상황으로 드러나고 있습니다. 폭력적인 환경, 예측하지 못했던 실수, 평생 낭비된 인생, 살인자라는 낙인, 고독사와 그 주검의 목격, 오래전 사라져 존재하지 않은 집의 기억 등으로 독자를 안내합니다. 이야기 속의 시간은 정량적인 시간으로 치환할 수 없습니다. 일생을 허비한 노인의 긴 세월과 생명이 탄생하는 한순간이 같은 저울에 올려져 있기 때문입니다.

작품 안으로 들어왔습니다. 작가는 내가 짐짓 모른 척했던 일들을 이미 코 앞에 들이댔으니까요. '우리는 모두 삶과 죽음의 경계에 한 발씩 걸치고 있는 유령인지도 모른다.'라는 전공의 3년 차 의사의 말처럼 인생을 위협하는 독은 다양한 곳에 포진하고 있다는 걸 알게 됩니다. 안 되겠다 싶어, 고삐를 꽉 잡고 긴장을 놓지 않아도 어느 순간 한쪽 발을 옮겨놓는 실수를 합니다. 「다투」의 한 문장 '바람은 제가 불고 싶은 데로 분다. 불다 불다 제 마음대로 그친다.'라는 말처럼 인생은 예측하지 못한 혹은 원하지 않는 방향으로 전개됩니다. 달리는 말 등에서 고삐를 꽉 쥐고 있는 것 같아도, 결국은 어딘가로 질질 끌려가는 꼴입니다. 그러다 문득 말이 멈추고, 말 등에서 내린 인물은 오랫동안 먼지에 휩싸인 채 지나온 길을 곱씹기도 할 것이고, 다시 자기의 길을 찾아 걸어갈지도 모릅니다.

작가는 이렇듯 인물들이 말고삐를 꽉 잡은 채 어딘가로 끌려가는 모습을 보여주는가 하면, 멈추는 순간을 숨 쉴 틈 없이 보여줍니다. 그들의 인생에 발을 들여놓은 독자는 달리는 말 등의 진동을 느끼며 숨을 몰아쉽니다. 그러는 사이 무심코 스쳐 지나가버린 공간에 작가의 슴베[1]가 꽂힙니다. 이미 어딘가로 숨어버렸거나 감추어졌거나 혹은 모른 척했던 것들을 고스란히 끄집어내서 우리에게 보여주는 것입니다. 작가가 보여주는 시간은 다투의 시간이고 해무의 시간이며, 건너뛴 시간이고 지워지지 않는 시간입니다.

　작품을 다 읽고 나서도 삶의 모서리에 여전히 존재하는 인물들이 내는 거친 숨소리가 여전히 들립니다. 더 가까이 더 크게 들립니다. 이수조 작가가 짚어낸 인생의 단면은 지극히 현실적이고 그들의 이야기는 스스로 생명을 얻어 펄떡거립니다. 달빛축제 속의 노인은 슴베도 되지 못했으나 작가는 잘 벼린 슴베로 인생의 틈과 틈 사이를 파고들어 묻힌 시간에 정확히 들어가 박힙니다. '꼬리가 흔들릴 때마다 물방울이 경쾌하게 튀는 도미에 칼집을 쓱쓱 넣듯' 지나치면 안 될 인생을 낚아채 보여주고 있습니다.

1) 칼, 괭이, 호미 따위의 자루 속에 들어박히는 뾰족하고 긴 부분

시간으로 본 작품 요약

해무의 시간(견디는 시간)

낭비와 유흥과 퇴폐로 아내 수연을 궁지로 몰아가다 죽은 남편, 그의 아내에게 남편을 죽였다는 누명을 씌우며 폭력을 행사하는 남편의 친구가 있다. 남편이 죽기를 바라기도 했지만 죽을 만큼 그를 몰아가지는 않았다. 이런 정황을 이용해 수연에게 남편처럼 억압적인 굴레를 씌우려는 남편의 친구.

인생에서 나를 가로막던 돌이 우연히 치워진 다음 더 큰 돌이 앞에 버티고 있다면 어떤 기분일까? 수연은 어디가 바다인지 방파제인지 구분할 수 없을 정도의 짙은 해무 속으로 그를 밀어버리는 것만이 유일한 해결책이라고 생각한다. 그 남자가 떨어지던 방파제 위를 헤매면서 수연은 견뎌내야 한다는 걸 안다. 자신 앞에 놓인 해무의 시간을. 그 시간이 모든 것을 먹어치울 때까지.

다투(돌아보는 시간)

졸음으로 인해 환자의 생명을 위태롭게 만들었고, 그로 인해 외지에 발령받은 의사가 있다. '우리는 모두 삶과 죽음의 경계에 한 발씩 걸치고 있는 유령인지도 모른다.'는 그의 말처럼 인생을 위협하는 독은 다양한 곳에 포진하고 있다. 응급실 의료진은 누구보다 독에 노출된 사람들이다.

어떤 이는 그 독을 피로회복제로 사용하고 어떤 이는 쾌락을 위해 사용한다. 그는 독이 아닌 다투로 유배의 시간을 견딘다. 다투는 자궁 속의 유골, 모두에게 부처의 성품이 있다는 뜻으로 그는 이 시간을 통해 유배의 시간을 견딘다.

지방 병원에서 마지막 근무일, 하루만 버티면 다시 서울로 복귀하는 그를 덮친 독은 함정이다. 늘 깨어 있고 싶었다는 아름다운 간호사 주회를 빛나게 한 것도 독에서 비롯되었다. 겨우 유배지에서 벗어난 그가 다시 서울로 돌아갈 수 있을까? 서울로 돌아가 원하던 삶을 살아갈 수 있을까?

숨은 집(갇힌 시간)

무혐의 판결을 받았지만, 자기에게 찍힌 낙인은 여전해서 세상에서 떨어져 나와 폐교에 자리 잡은 남자가 있다. 외부인이 들어올 수 없고 내부인이 밖으로 나가지 않는 봉쇄수녀원의 수녀였던 여자가 그 집에 머물다 갔다. 삶의 모서리에서 좌초된 인생이 숨어든 집은 마치 봉쇄수녀원처럼 외부인이 들어올 수 없으니 누구도 들어와 머물지 못한다. 세상을 등지고 그 집에 숨어든 남자는 폐교처럼 낡아가면서 세상으로 나가지 못한다.

'폐교 사택을 보는 순간 금 간 지붕과 벽을 살짝 건드리기만 해도 어서 가처럼 와르르 무너져 땅속으로 스며들 것처럼 보였다.'

세상으로부터 낙인찍힌 남자가 들어온 폐교는 외부에서 누군가 들어와 머물지 못하는 현재의 무덤인 것이다.

손짓하는 빛(직진하는 시간)

익지도 않고 떨어진 쓸모없는 열매처럼 자기 생을 피우지도 못한 채, 죽음을 자초한 청년이 있다. 그가 평소에 하던 게임이 단순하다. 게임에 등장하는 개복치는 직진만 해서 바위나 배에 부딪혀서 죽는다. 게임도 단순한 것만 한다던 청년은 누나가 마시려던 독이 든 사이다를 마시고 어이없는 죽음을 맞이한다. 단순하고 극명하게 죽음에 이르는 설익은 삶이다.

춘자(미래의 시간)

'나는 이제 제왕이 아니면 아무것도 하지 않겠다.' 선언하는 춘자는 현재에도 과거에도 제왕이었던 적이 없다. 하지만 이 선언은 누구에게라도 필요하다. 아빠의 폭력에 시달리는 엄마를 보면서 12살에 이미 어른이 되었고, 폭력적인 결혼생활을 거쳐 빛바래어가는 여인숙을 운영하는 오십대 중반의 춘자가 낡은 여인숙에 네온사인을 달아야겠다고 마음먹는 일과 같다.

자신의 인생에서 스스로 제왕이 될 때, 인생의 폭력에서도 온전히 자신을 지켜낼 수 있을 것이다.

달빛축제(건너뛴 시간)

지명수배자로 일생을 감옥에서 허비한 노인은 일 년 전 죽은 아내의 무덤을 찾아간다. 길다면 긴 인생에서 이제야 아내에게 속죄하는 마음이 생긴 늙은 남자, 그는 내장을 비워낼 정도로 울음을 쏟아내고 이제는 살아야 할 이유가 없다고 생각한다.

마을을 수몰시키고 탄생한 인공호수에서는 시간을 건너뛰는(時越齊) 달빛축제가 열린다. 일생을 낭비하고 아내가 죽은 후에야 자책하는 늙은 남자의 텅 비어버린 시간이 있다.

마을 사람들의 인생이 곳곳에 배인 마을이 수몰되었다. 무서운 현실이다. 그리고 만들어진 아름다운 호수, 거기서 시간을 건너는 달빛축제가 열린다. 노인처럼 10년 만에 엄마의 무덤을 찾아온 임신한 젊은 여인이 있다. 자기 목숨이 의미 없이 목에도 가져다 대어 본 낫, 노인의 그 낫은 새로운 생명의 탯줄을 끊는 데 쓰인다.

작가는 쓸모없이 인생을 소모한 노인이 아내의 무덤을 찾아가는 길에서 죽음과 탄생을 소멸과 생성을 함께 보여준다. 그러니 당신 인생에서 제왕이 되라고 말하는 것만 같다. 시간은 같은 단위로 흐르지 않는다. 낭비된 긴 시간을 눈물을 토해낸 짧은 시간이 굳건히 받쳐주기도 한다는 것을 우리에게 말하고 있다.

아나스타시아(외면한 시간)

특출나게 눈에 띄는 외모와 평범하지 않은 행동으로 공동체 안에 어울리지 못하고 고독사한 여자 아나스타시아가 있다. 천주교 교우라고 지칭하지만, 진정한 교우는 그녀 곁에 없다. 그녀의 주검을 목격한 화자는 '이웃인 여자가 굶어 죽었고, 그 죽음에 나도 무관하지 않다.'라고 느낀다. 어떤 면에서는 자신도 아나스타시아와 같은 궤도를 도는 달이라고 느끼면서도 먼저 다가서지 못한 나는 '낯선 것이 두려운 것이 아니라 익숙한 것'이 두렵다고 혼자 변명한다.

익숙한 것이 왜 두려운가? 화자는 자신과 같은 궤도를 돌기 때문이라고 말하고 있다. 내가 외면하고 있는 나의 모습을 아나스타시아에게서 확인하고 싶지 않았던 것인지도 모른다.

검은 기와집(불멸의 시간)

어린 시절의 서늘한 추억이 담긴 검은 기와집이 있다. 아버지와 엄마의 젊은 시절이 투영된 집이다. 정전되어서 아버지가 없으면 촛불을 켜지 못하던 시절이 있다. 불이 아내와 자신 사이에 나쁘게 작용한다는 운명론적 믿음에서 비롯된 공포 때문이다.

'아버지가 그토록 지키려 했던 그 검은 기와집은 지금 존재하지 않는다.' 아버지가 믿었던 운명의 공포처럼 아버지와 엄마는 백화점 화재에 희생된다. 이제는 존재하지 않는 집에 시간이 무덤처럼 쌓여도 여전히 그 집의 기억과 함께 살아가고 있는 어린 자아가 있다.

존재하지도 않는 집에서 지금도 문단속을 하고 빗장을 지르는 과거의 엄마가 어린 나와 함께 살고 있다. 영원히. ✱

김미애 _ 여행작가, 사진가. 《한국경제신문》 여행작가 등단. 여행에세이 공저 『여행의 이유』 출간. 양진채 『달로 간 자전거』 스마트 소설집 사진 콜라보 작업. 15년 전 니콘 F3으로 흑백사진 촬영 시작. 풍경보다 내면 의식을 담는 데 관심이 많다.

나무소설가선 016
춘자

1쇄 발행일 | 2019년 10월 22일

지은이 | 이수조
펴낸이 | 윤영수
펴낸곳 | 문학나무

문학나무편집 | 03044 서울 종로구 효자로7길 5, 3층
기획 마케팅 | 03085 서울 종로구 동숭4나길 28-1 예일하우스 301호
이메일 | mhnmoo@hanmail.net

출판등록 | 제312-2011-000064호 1991. 1. 5.
영업 마케팅부 | 전화 | 02-302-1250, 팩스 | 02-302-1251
ⓒ 이수조, 2019

ISBN 979-11-5629-096-4 03810

*본 사업은 인천광역시, (재)인천문화재단, 한국문화예술위원회 지역협력형사업으로
  선정되어 발간하였습니다